DOCTOR BENX

BENX
– UND DIE HEXEN DER –
BATAQUAMPA

Geschrieben von Thomas Rackwitz

Community EDITIONS

Über die Autoren:

Benjamin Krüger, aka DoctorBenx unterhält seit seit nunmehr sieben Jahren seine Zuschauer auf YouTube. Sein blockiges Steckenpferd ist die Welt von Minecraft, sein Kanal einer der erfolgreichsten Deutschlands. Mit seiner Erzählerstimme und eigens kreierten Challenge-Ideen unterhält der Frankfurter täglich über 1,6 Million Abonnenten, egal ob alleine oder mit Freunden.

Thomas Rackwitz: Vierzig Jahre lebt er schon, zwanzig trug die Zeit davon, bis er anfing mit dem Schreiben, und er ließ es nicht mehr bleiben. Dabei wohnt der Wortchirurg nun am Harz in Blankenburg mit Familie und vier Tieren. Wenn sich günstig dreht der Wind, wird beim Schreiben er zum Kind, ohne je sich zu verlieren.

MIX
Papier aus verantwortungsvollen Quellen
FSC® C106632
www.fsc.org

1. Auflage

Weyerstraße 88-90
50676 Köln

Covergrafik: Eric Röck
Umschlaggestaltung: Marietheres Viehler
Layout: BUCH & DESIGN Vanessa Weuffel
Illustration: Monique Krüger
Künstlerfoto: David Henrichs
Text: Thomas Rackwitz
Redaktion: Mattis May
Lektorat: Catherine Beck
Korrektorat: Cathérine Schönbrenner
Satz: Achim Münster, Overath

Gesamtherstellung: Community Editions GmbH

ISBN 978-3-96096-218-2

Printed in Poland

www.community-editions.de

VORWORT

Hey, meine Raubauken! Herzlich willkommen zu ... meinem Buch.
Ja, ihr seht richtig: Ich habe ein Buch geschrieben! Beziehungsweise zusammen mit meinem Onkel Thomas habe ich ein Buch geschrieben. »Benx und die Hexen der Bataquampa«. Verrückt, echt.
Erst einen Schülerkalender und jetzt ein richtiger Roman. Ich hoffe, er gefällt euch. Die Story ist mega spannend: Elina und Ebru sind auch mit am Start, ich finde ein magisches Schwert und am Ende ... ach, lest selbst!

Bis morgen, euer Benson, ciao!

- 1 -

DER LIEBLINGSTRAUM

»Aufwachen, du Faulpelz!«, wurde Benx unsanft geweckt.

Benommen richtete er sich vom bemoosten Fußboden des elterlichen Wohnzimmers auf. Er rieb sich den Schlaf aus den Augen und hätte schwören können, einen lauten Knall gehört zu haben. Über ihm stand sein Vater, dessen Kopf so aussah, als würden nicht nur Haare, sondern auch Unkraut darauf sprießen. »Hast du auch diesen Knall gehört?«, fragte Benx und wischte sich über die freiliegenden Knie.

»Ich soll einen Knall haben? Was fällt dir ein? Geh mir lieber zur Hand!« Er presste Benx ein paar Handschuhe gegen die Brust.

Widerwillig folgte Benx dem Wink seines Vaters. Er hatte sie satt, diese sich ständig wiederholende häusliche Gartenarbeit. Schon lange hatte er den Wunsch, als echter Schürfer zu arbeiten. So oft hatte er es sich schon ausgemalt: Wie ein Regenwurm wollte er die Erde auflockern, antike Städte freilegen oder sich am liebsten sogar hindurchgraben, bis zum Mittelpunkt der Welt. Aber statt am Mittelpunkt der Welt

stand er im Wohnzimmer seiner durchgeknallten Eltern. Und das glich eher einem ungepflegten Garten.

»Jetzt hör auf zu träumen!«, ermahnte ihn sein Vater. Er schob Benx zur Seite und lief durch allerlei Gestrüpp, Farne und hüfthohe Brennnesseln. Benx verdrehte die Augen. Gerade als er ein paar vertrocknete Rosen zu schneiden begann, kam seine Mutter aufgeregt herein. Ihre Creolen hatten sich in ihrem khakifarbenen Halstuch verheddert. Dennoch strahlte sie mit ihren sommersprossenumrandeten Augen. »Mein Junge, du wirst es nicht glauben …«

»Was denn?«, fragte Benx und tat so, als würde er sich den Schweiß von der Stirn wischen.

»Musst du den Jungen immer so überfordern?« Vorwurfsvoll blickte sie ihren Mann an, so wie sie es immer tat, weshalb sein Vater Benx die Aufgaben in der Regel nur auftrug, wenn seine Mutter nicht zugegen war.

Obwohl sein Vater den Zeigefinger zum Widerspruch erhob, machte er schließlich einen Rückzieher und stolperte in eine Brombeerhecke. Während sich sein Vater fluchend befreite, drückte seine Mutter Benx einen Brief in die Hand, um ihm diesen kurz darauf wieder zu entreißen. Dabei legte sie den runden Kopf schief.

»Lass Mami mal machen, Schatz!«

Benx schluckte seinen Ärger herunter, obwohl ihm diese Bevormundung bis zum Hals stand. Auch sein vor Monaten erworbener Doktortitel hatte nichts an ihrem Verhalten ihm gegenüber geändert. Noch immer behandelte sie ihn wie ein kleines Kind. Und alles nur, weil er noch zu Hause wohnte und keiner geregelten Arbeit nachging. Vielmehr lebte er in den Tag hinein, ging nach Herzenslust shoppen und spawnte dann und wann vor lauter Langeweile Schmetterlinge. Obendrein betreute er einen Spinnenverleih, der aber nicht gut lief. Nur selten erhielt er seine Spinnen zurück. Wenn die Spinnen nicht gerade ausbüxten, freundeten die Rabaukianer sich mit ihnen an, ohne Benx hinterher die verabredeten Diamanten zu bezahlen. Dann ärgerte er sich immer fürchterlich, aber eher über sich selbst und seine Gutgläubigkeit, die er von seiner Mutter geerbt hatte.

»Hab ich es doch gewusst«, frohlockte diese plötzlich, »die Karten haben also nicht gelogen.« Sie setzte sich auf das von Efeu zugewachsene Sofa und polierte eine ihrer sowieso schon auf Hochglanz gebrachten Glaskugeln.

Irritiert blickte Benx sie an. Er wusste von nichts, nur dass übermorgen sein Geburtstag war. Und den wollte er mit seinen Freundinnen Ebru und Elina feiern. Er zuckte mit den Schultern und quälte sich ein Lächeln ab. So viel Freude hatte er schon lange nicht mehr auf ihrem Gesicht gesehen. Mit äußerster Vorsicht legte sie die Glaskugel auf das Sofa und entfaltete den Brief. Benx warf einen flüchtigen Blick auf den Absender, konnte aber nur *Tiefschürf* erkennen.

»Ja, richtig, mein Kleiner«, schien sie seine Gedanken gelesen zu haben. »Du hast die Zusage!«

Vor lauter Freude sprang sie auf und hüpfte auf dem Moosfußboden herum.

»Hör auf damit, du machst noch MEIN ganzes Moos kaputt!«, schimpfte Benx' Vater.

»Reg dich ab!«, sagte sie, bevor sie ihren Mann aus dem Wohnzimmer schob. Dann suchte sie Blickkontakt zu ihrem Sohn.

Benx kämmte unterdessen alle seine Gedanken einzeln durch. Hatte er etwas übersehen? Für Tiefschürf zu arbeiten – davon hatte er schon so lange geträumt. Allerdings konnte er sich nicht erinnern, sich dort beworben zu haben. Wie also waren sie ausgerechnet auf ihn gekommen? Schließlich rechnete er eins und eins zusammen. Seine Mutter musste ihm die Suppe eingebrockt haben. Vorwurfsvoll schaute er sie an.

»Das ist nicht auf meinem Mist gewachsen«, kam sie seiner Frage zuvor und zog eine Unschuldsmiene.

»Und wer war es dann?«, fragte Benx ungläubig und stibitzte ihr den Brief. Doch auch nach mehrfachem Lesen konnte er sich keinen Reim darauf machen. Irgendwie plagte ihn zugleich ein schlechtes Gewissen. Sicherlich wollte ihm jemand einen Gefallen tun und ihm seinen lang gehegten Traum erfüllen. Er aber grübelte nur herum und konnte sich gar nicht richtig freuen. Vielleicht war er auch einfach zu aufgeregt. Immerhin sollte er schon morgen die Arbeit in der *Abteilung für Crafting* aufnehmen.

2

FLAU IM MAGEN

Als Benx am nächsten Morgen erwachte, war ihm noch immer ganz flau im Magen. Zu aufwühlend war der Gedanke, sein ganzes Leben auf der Stelle ändern zu müssen. Er schlich in Richtung Küche, in der im Gegensatz zum Wohnzimmer ein richtiger Teppich lag. Seine Eltern befanden sich bereits dort. Angestrengt grübelte seine Mutter inmitten des dunklen, fensterlosen Raums. Sie saß an einem Glastisch, auf dem ein paar Kerzen flackerten. Darunter kam eine riesige Glaskugel zum Vorschein, in der seltsame Schatten tanzten. Sie las aus einer zersprungenen Kaffeetasse. Ihr Mann bereitete derweil einen Distelzahnsalat aus eigener Ernte zu, würzte ihn mit Honig, reichlich Pfeffer und Moospaste. Zufrieden lächelnd schmeckte er ihn ab.

»Ich schaff das nicht«, seufzte Benx und ließ sich auf seinen Lieblingsstuhl nieder, der aussah wie die abgetrennte Hand eines Riesen. Benx schnaufte und wippte nervös mit den Beinen. Doch erst als er ihre Tarot-Karten zur Seite schob, bemerkte seine Mutter ihn. Sofort plap-

perte sie los wie ein Wasserfall. Lang und breit erzählte sie eine Geschichte zu einer der Tarot-Karten. Erst nach Ende ihres Vortrags bemerkte sie, dass mit Benx irgendwas nicht stimmte. »Alles in Ordnung, mein Junge?«

Benx zuckte mit den Schultern. Irgendwie war es ihm unangenehm, sie noch immer um Rat zu bitten. Schließlich war er ja schon erwachsen. Anders als seine Freunde hatte er jedoch zu wenig aus seinem Leben gemacht. Aber jetzt hatte er *die* Chance, seinen Traum zu verwirklichen – und unendlich wackelige Knie. Seine Mutter ließ ab von der Kaffeetasse und nahm Benx' Hand. Mit ihrem Zeigefinger fuhr sie auf dessen Lebenslinien entlang und lächelte.

»Es wird alles gut«, sagte sie aufmunternd.

Benx sackte noch etwas weiter in sich zusammen. Was wusste sie schon? Sie hatte gut reden. Ihr Geschäft lief prima. Die Leute kamen scharenweise zu ihr, nicht selten auch mitten in der Nacht. Insbesondere vor wichtigen Ereignissen wie Hochzeiten oder Geburten war es in Rabaukien gang und gäbe, den Rat einer Schwarz-Weiß-Seherin einzuholen. Sie war, wie sie behauptete, die Letzte ihrer Art – und ein wenig traurig, dass Benx sich so überhaupt nicht dafür interessierte. Insgeheim war er schon ein wenig stolz auf seine Mutter. Auch bewunderte er die zahlreichen Auszeichnungen und Zertifikate an den schwarz gestrichenen Küchenwänden – darunter eine Auszeichnung über die wirksamste Zukunftsarznei oder ein Zertifikat für die beste Übersetzung des Buchs »Die sieben Leben der Geisterkatzen«.

Anders als sein Vater, der sich gefühlt Tag und Nacht im Wohnzimmer vor ihr versteckte, hatte Benx die Annehmlichkeiten ihres Erfolgs gern genossen. Immerhin konnte er alles unternehmen, wonach ihm gerade der Sinn stand, sofern seine Mutter zustimmte. Kurzum, es fehlte ihm an nichts. Als er so darüber nachdachte, schien es verlo-

ckend zu sein, die Sache mit Tiefschürf sausen zu lassen und wie bisher weiterzumachen. Andererseits dröhnten ihm die mahnenden Worte seiner Freundinnen Elina und Ebru in den Ohren, er müsse endlich mal etwas aus seinem Leben machen, sonst würde ihn seine Mutter noch in dreißig Jahren wie ein Kind behandeln.

»Ja, ja, mein Junge«, holte sie ihn aus seinen Gedanken zurück, »ich komme einfach mit, wenn dir das hilft. Dann streiche ich eben meine Termine zwischen zehn und zwölf.«

Gequält erwiderte er ihr Lächeln, ohne zu begreifen, was sie da eigentlich gesagt hatte. Unterdessen verteilte sein Vater Gefäße mit Brokkoli-Müsli, Spinatlimonade und seinen Distelsalat auf dem Glastisch. Sehr zum Unmut seiner Frau.

»Kannst du keinen anderen Tisch nehmen?«, fragte sie genervt.

»Wir haben keinen anderen in der Küche, Schatz.«

Benx schmunzelte. Normalerweise hasste er die Streitigkeiten seiner Eltern, auch wenn es für ihn das Normalste auf der Welt war. Dieses Mal hatte der Streit jedoch etwas Gutes, denn er lenkte ihn ab. Für einen Augenblick vergaß er die Sache mit Tiefschürf. Auch nach dem Frühstück hatten sich seine Eltern immer noch nicht wegen des Tischs geeinigt. Zum Schmunzeln war Benx nun aber nicht mehr zumute. Seine Mutter wollte ihn nun unbedingt begleiten. Benx wusste, was das bedeutete. Schon in seiner Schulzeit hatte sie keine Gelegenheit ausgelassen, ihn vor seinen Mitschülern zu blamieren. Verzweifelt suchte er nach einer passenden Ausrede, um ihr die fixe Idee wieder auszutreiben. Aber ihr Entschluss stand fest.

- 3 -

AUFBRUCH IN DIE ENDERSCHLUCHT

Keine zehn Minuten später machten sie sich auf den Weg zum Tiefschürf-Hauptquartier. Es befand sich südlich von Benx' Elternhaus, inmitten der Enderschlucht. Sie ritten auf einem gesattelten Riesenschwein, dessen Stirn drei violette Punkte zierten und das auf den Namen »Grunzel« hörte. Genauer gesagt hörte es nicht darauf. Benx hielt sich an den Schultern seiner Mutter fest und ließ den Blick schweifen, während das Riesenschwein den staubigen Weg im Zickzack nahm. Angestrengt hantierte seine Mutter am Führstrick herum und fütterte das Riesenschwein mit Zuckerklumpen um Zuckerklumpen. Völlig aufgeputscht stürmte es plötzlich Hals über Kopf ein paar Amseln hinterher und kam dabei vom Weg ab. Ungebremst rannte es durch Büsche und hohe Gräser in ein kleines Waldstück, ohne die Amseln zu erwischen. Dabei schlugen Benx und seiner Mutter allerlei Äste in die Gesichter. Nur mit Müh und Not gelang es den beiden, sich

auf dem Riesenschwein zu halten, das immer schneller zu werden schien.

Vom Waldrand aus konnte Benx erkennen, dass einige Rabaukianer die Fenster ihrer Häuser mit Holzbrettern und Sandsäcken verrammelten. Sollte es einen Sturm geben? Aber davon hätte er bestimmt schon längst gehört. Auch wenn er sich nicht besonders für die Neuigkeiten interessierte, erfuhr er solche Sachen immer aus erster Hand. Sobald sich etwas aufregend Neues anbahnte, wusste Elina davon und fütterte ihn und Ebru mit ihrem Klatsch und Tratsch – ob sie es nun interessierte oder nicht. Benx war es ein Rätsel, wo sie die Dinge immer so aufschnappte.

Seine Mutter schimpfte. »Mist, das ist doch ein Umweg … wir kommen zu spät … böses Schwein, böses Schwein!« Dabei beugte sie sich nach vorn und kitzelte Grunzel unbeabsichtigt mit ihren blonden Zöpfen an der Nase. Keine Sekunde später warf das Riesenschwein die beiden ab und hastete davon. Beunruhigt blickte Benx sich um. In der Ferne hörte er abermals einen lauten Knall. Seine Mutter hingegen reagierte überhaupt nicht auf den Knall. Hatte er ihn sich nur eingebildet? Er wusste es nicht. Er wusste nur, dass sie sich verirrt hatten. Hier konnte unmöglich das Tiefschürf-Hauptquartier sein. Alles hier war unheimlich. Nebel schien den Boden verschluckt zu haben. Obendrein heulte der Wind.

»Wo sind wir?«, fragte Benx und stolperte über einen vom Sand und Nebel zur Hälfte verschlungenen Tierschädel.

»Das ist der Eingang zur Bataquampa«, antwortete seine Mutter knapp.

»Der Eingang zur was?«, fragte Benx.

»Also Junge, und du willst mal Schürfer werden …«, sagte sie und pfiff gleich darauf auf ihren Fingern. Umgehend kam Grunzel, völlig verschlammt, zurückgerannt. »Hätte nicht gedacht, dass es klappt«, atmete sie erleichtert auf. »Die Bataquampa ist eine der drei großen Wüsten in Rabaukien. Dort leben die Hexen der Bataquampa. Hat dir dein Vater denn überhaupt nichts beigebracht?« Sie schnaufte.

Verlegen kratzte Benx sich am Hinterkopf, nicht ahnend, wie peinlich es für ihn noch werden sollte.

- 4 -

PEINLICHKEITEN

Mit zerkratzten Gesichtern, stinkend und voller Schlammspritzer auf der Kleidung kamen sie nach einer gefühlten Ewigkeit bei Tiefschürf an. Sie wurden bereits erwartet. Vor einem marmornen Kuppelbau stand Pilpil Sommerschlaf, ein hochaufgeschossener Mann mit einer blauen Bobfrisur. Sein breites Kreuz verdeckte das kupferne Schild, auf dem *Tiefschürf* eingraviert stand. Gelangweilt musterte er die beiden.

»Sie müssen der berühmte Moribar Rumor sein«, platzte es voller Ehrfurcht und Stolz aus Benx' Mutter heraus. Im Affentempo sprang sie von dem japsenden Grunzel, riss die Hand des Mannes an sich und schüttelte sie so heftig, dass ihm schwindlig wurde. Kaum hatte er sich davon erholt, redete sie ohne Punkt und Komma auf ihn ein.

Benx' Gesicht wurde so rot, dass sein roter Bart dagegen geradezu verblasste. Doch bevor der Mann das Wort ergreifen konnte, trat ein anderer hinter einer Säule hervor. Seine hohe Stirn war von Falten überzogen. Er rückte seine Hornbrille zurecht, die bis auf den Oberlippenbart

Tiefsc

heruntergerutscht war. »Pilpil, mach dich endlich mal nützlich«, knurrte er. Umgehend verschwand der Mann mit der blauen Bobfrisur in die Eingangshalle, in der kurz darauf gellendes Gelächter ertönte.

Am liebsten wäre Benx in diesem Augenblick im Erdboden versunken. Aber womöglich hätten ihn die Schürfer gleich wieder ausgegraben und dann noch schlimmer ausgelacht. Er fühlte sich miserabel. Hinzu kam, dass seine Mutter vom Hundertsten ins Tausendste kam. Lautstark erzählte sie dem Mann, wie stolz sie gewesen war, als Benx seine ersten Schritte gemacht hatte.

»Verschwinden Sie!«, forderte der Alte sie unbeeindruckt auf, als sie endlich einmal Luft holte.

»Ich verstehe«, seufzte sie. Gekränkt wickelte sie einen ihrer Zöpfe um ihren kaffeesatzbraunen Zeigefinger. Sie verpasste Benx einen dicken Schmatzer auf die Wange, wischte sich eine Träne aus dem Auge und ritt auf dem nunmehr erschöpften Grunzel davon.

Verlegen versuchte Benx, sich zu erklären.

»Ich hab genug gehört«, winkte der Mann lachend ab. Der alte Mann forderte Benx auf, ihm zu folgen. Drinnen angekommen, staunte Benx nicht schlecht. Sowohl der Boden als auch die Wände waren mit Landkarten der drei Zeitalter versehen. Begeistert widmete Benx sich den Abbildungen. Nie zuvor hatte er eine so detailgetreue Karte der gesamten Oberwelt zu Gesicht bekommen. Fasziniert vergaß er alles um sich herum. Der alte Mann räusperte sich, als er bemerkte, dass Benx ihm nicht mehr zuhörte. Benx schreckte zusammen. Um ihn herum standen gut zehn Frauen und Männer und starrten ihn erwartungsvoll an. Vergeblich suchte Benx den Blick von Pilpil Sommerschlaf, der dem Alten hinter Benx' Rücken etwas zuflüsterte.

»Hi«, sagte Benx verlegen, erntete aber wiederum nur Gelächter. Offenbar wusste inzwischen auch der Letzte der Anwesenden, dass Benx von Mami zur Arbeit begleitet worden war. So hatte Benx sich seinen ersten Arbeitstag nicht vorgestellt. Während die Anwesenden kicherten und tuschelten und ihn von oben bis unten musterten, brodelte es in seinem Innern. Mit einem Male entlud sich seine Wut in einem markerschütternden Schrei. Sofort blieb den anderen ihr Lachen im Halse stecken. Benx dachte gar nicht daran, mit dem Schreien aufzuhören. Erst als ein fülliger Mann mit dem Gesicht einer Bulldogge ihn an seinem flammend roten Bart zog, besann er sich wieder. Peinlich berührt ob seines eigenen Ausrasters blickte Benx in die Runde. Nach einer Weile brach erneut Gelächter aus. Beleidigt drehte Benx sich um und setzte sich entschlossen in Bewegung. Als er die Eingangstür öffnete, ebbte das Gelächter schlagartig ab.

»Das würde ich nicht tun«, drohte der Mann mit dem Bulldoggengesicht.

Irritiert wandte Benx sich dem Mann zu. Spielend einfach hatte der es mit nur wenigen Worten bewerkstelligt, alle Anwesenden zum Schweigen zu bringen. Benx überlegte. Das musste er sein: der Mann, von dem seine Mutter gesprochen hatte. »Sie sind Moribar … Moribar Rumor«, sagte Benx.

Der Mann nickte und folgte Benx. Dann tätschelte er Benx' Arm, um ihn zur Rückkehr zu bewegen. Wie ferngesteuert stolperte Benx ihm nach und blieb auf dem Acherias stehen, einem in der Bataquampa entspringenden schwarzen Fluss. Aber so sehr der Fluss auch seine Neugier weckte, galt es nun, sich nicht wieder zu blamieren.

»Werte Mitschürfende, heißen wir unseren neuen Mitarbeiter willkommen«, sagte Moribar Rumor und begann zu applaudieren.

Daraufhin fingen die anderen ebenfalls an zu klatschen und überboten sich geradezu darin. Benx überlegte, ob ihm das Gelächter nicht lieber gewesen war. Nichts Zählbares kam ihm in den Sinn, das diesen stürmischen Applaus rechtfertigen würde. Kaum war der Applaus abgeebbt, lobte Moribar Rumor Benx für dessen Heldentaten, etwa für die Durchquerung der Nether-Dimension. Der Haken war, dass Benx gar nichts davon wusste. Er ballte eine Hand zur Faust. Gewiss hatte seine Mutter mal wieder maßlos übertrieben. Vorsichtshalber beschloss er, den Mund zu halten, um keine weiteren falschen Erwartungen zu schüren.

»Einen so überaus talentierten und erfolgreichen Bewerber hatten wir hier noch nie bei Tiefschürf«, sagte Moribar Rumor. Er kratzte sich an seiner schiefen Nase und deutete auf den Mann mit der blauen Bobfrisur. »Pilpil Sommerschlaf, Sie Glücklicher«, seufzte er stolz.

Mit hängenden Schultern trottete Pilpil Sommerschlaf zu Benx.

»Sie haben heute die Ehre, mit Benx zu arbeiten.« Pilpil Sommerschlaf lächelte gequält.

»Ich weiß, dass Sie in all den Jahren nie etwas wirklich Brauchbares ausgegraben haben, allenfalls ein paar Feuersteine ... aber mit Benx an Ihrer Seite werden Sie etwas Großes entdecken ... andernfalls ...«, sagte Moribar Rumor gedehnt.

Pilpil Sommerschlaf schluckte. Offenbar schwante ihm nichts Gutes. Ebenso besorgt blickte Benx in die Runde. Schon an seinem ersten Tag bei Tiefschürf saß er in der Tinte.

- 5 -

DER RUF DER BATAQUAMPA

Benx empfand Mitleid für Pilpil Sommerschlaf. Trotzdem versuchte er, sich nichts anmerken zu lassen. Unterdessen öffnete Moribar Rumor den Boden, just an der Stelle des Acherias. Ohne zu zögern, ging der Alte mit der Hornbrille die Treppe hinab und verteilte kurz darauf die einzelnen Schürfer-Inventare. Benx nahm sie für Pilpil Sommerschlaf und sich entgegen. Nachdem Moribar Rumor sie dem Schürfgebiet zugeordnet hatte, entfaltete Benx die zerknitterte Karte. Mit den Fingern zeichnete er die Linien des Blocks nach, worin sie nach Paqapaqa-Knochen schürfen sollten, einer im zweiten Zeitalter ausgestorbenen Drachenrasse der Gattung Flammenfresser. Dabei fiel ihm auf, dass dieser Block nur einen Steinwurf von der Bataquampa entfernt lag. »Müssen wir da wirklich hin?«, fragte er beunruhigt.

»Du hast doch nicht etwa die Hosen voll, großer Meister?«, entgegnete Pilpil Sommerschlaf. Er grinste Benx fast schon herausfordernd an, während er sich in Bewegung setzte.

Energisch schüttelte Benx den Kopf. Aber so ein wenig flau war ihm schon.

Nach nicht einmal einer halben Stunde Fußmarsch waren sie angekommen. »Wo wollen wir anfangen?«, fragte Benx voller Tatendrang. Immerhin durfte er gleich zum ersten Mal schürfen.

»Anfangen? Wir?«. Pilpil Sommerschlaf lachte verächtlich. »Die schmeißen mich doch sowieso raus … Hör mal, ich bin nicht blöd, die haben dich als meinen Nachfolger eingestellt.«

Benx schluckte. So hatte er das noch nicht gesehen. Er musterte den knochentrockenen, von kargen Felsen umgegebenen, teils versandeten Boden. Während sich Pilpil Sommerschlaf gemütlich auf einer Blümchendecke niederließ, holte Benx Rundkelle und Hammer aus seinem Schürfer-Inventar. Pilpil Sommerschlaf steckte sich eine Karotte nach der anderen in den Mund und deutete auf Benx' Werkzeuge. »Damit willst du irgendwas finden?«, fragte Pilpil Sommerschlaf skeptisch. Mit zitternden Händen legte Benx los, die Stirn in Falten gelegt.

Es war nicht einfach, dem harten Boden mit Rundkelle und Hammer Herr zu werden. Hinzu kam, dass Benx nicht wusste, wo genau er überhaupt schürfen sollte. Die Angaben auf der Karte waren ungenau. Schabend und vorsichtig hämmernd legte er allmählich ein paar von Steinen durchzogene Sand- und Lehmschichten frei. Keine Viertelstunde später taten ihm bereits die Hände weh. Gefunden hatte er freilich nichts. Obendrein brannte nun die Mittagssonne unerbittlich auf sie herab. Pilpil Sommerschlaf hatte sich inzwischen einen Strohhut über Nase und Augen gelegt und schnarchte. Entmutigt ließ Benx die Rundkelle fallen, setzte sich hin und holte die Karte aus seinem Schürfer-Inventar.

Anders als auf der Oberwelt-Karte, die er im Tiefschürf-Hauptquartier gesehen hatte, konnte er auf dieser Karte die nahe gelegene Bataquampa

nicht finden. Unschlüssig blickte er zwischen dem nahenden Bodennebel der Bataquampa und seinem Mitschürfer hin und her. Irgendwie schien es verlockend zu sein, die Bataquampa zu betreten. Mehr noch. Es war, als würde etwas nach ihm rufen. Er grübelte. Was hatte er schon zu verlieren? Pilpil Sommerschlaf schnarchte weiterhin friedlich vor sich hin, und so schnappte Benx sich sein Schürfer-Inventar und schlich davon.

Kaum hatte er die Bataquampa betreten, bereute er seine Entscheidung auch schon. Ungeachtet der strahlenden Sonne konnte er auf einen Schlag nicht einmal mehr die Hand vor Augen sehen. Umringt von schwarzem Nebel tastete er sich mehr voran, als dass er lief. Das war kein gewöhnlicher Nebel. Diese Bataquampa war seltsam. Ihm stockte der Atem. Sobald er den Nebel berührte, rieselte dieser wie Asche hinunter, ohne dass es sich lichtete. Benx verfluchte sich selbst für seine Neugier. »Pilpil!«, rief er. Doch der Nebel verschluckte seinen Schrei. Ihn beschlich die Angst, an diesem Ort könnten unheimliche Kreaturen lauern, die er lieber nicht aufwecken sollte. Verzweifelt kniete er sich hin, wobei seine Rundkelle aus dem Schürfer-Inventar fiel. Trotz des Nebels war der Boden knochentrocken. Sogleich durchwühlten seine Finger wie ferngesteuert die Finsternis. Wie nur sollte er erklären, dass er bereits an seinem ersten Tag etwas verloren, dafür aber nichts gefunden hatte? Dann beruhigte er sich wieder. Angesichts seiner Situation war der Verlust der Rundkelle sein geringstes Problem. Sollten sie ihn ruhig rauswerfen. Viel wichtiger war, hier wieder unbeschadet rauszukommen. Egal, wie.

Auch wenn es ihn alle Überwindung kostete, sprang er irgendwann auf und rannte einfach los. Er rannte und rannte. Tiefer und tiefer drang er in die Bataquampa vor, ohne davon zu ahnen. Immer wieder rief er »Pilpil! Pilpil!«, bis ihm die Stimme versagte. Dafür echote höhnisches

Gelächter zu ihm zurück. Für alle Fälle holte er den kleinen Hammer aus seinem Schürfer-Inventar und hielt ihn sich abwehrend vor das Gesicht. Ihm wurde heiß und kalt.

Abermals ertönte das Gelächter, nur schriller und näher. Vor lauter Schreck plumpste er rücklings auf den Boden. Der Hammer glitt ihm aus der Hand in die Dunkelheit. Langsam richtete er sich wieder auf und unterdrückte seinen Schmerzensschrei. Irgendetwas bohrte sich unangenehm von hinten in seine Haut. Vorsichtig tastete er seinen verschwitzten Rücken ab. Ihm fehlte nichts. Erleichtert atmete er durch, nur um im nächsten Moment zu erschrecken.

- 6 -

EIN UNERWARTETER FUND

Plötzlich leuchtete es fürchterlich grell. Immerhin war wenigstens von dem Gelächter nichts mehr zu hören. Erst nach einer Weile gelang es Benx, die Augen wieder zu öffnen. Direkt vor ihm lag ein Schwert. Aber es war kein gewöhnliches. Seine Klinge erstrahlte in allen Farben des Regenbogens und hatte ein riesiges Loch in die Dunkelheit geschnitten. Benx haderte mit sich, ob er das Schwert an sich nehmen sollte.

Andererseits – was hatte er schon zu verlieren? Um ihn herum drängte die Finsternis nun stärker, verglühte jedoch im Regenbogenschein der Klinge. Jetzt oder nie, dachte er und packte das Schwert am Griff. Es fühlte sich federleicht an und wirkte so vertraut, als hätte es sich schon immer in seinem Besitz gefunden. Ohne Mühe reckte er das Schwert in die Höhe und ließ es um sich kreisen. Wie im Rausch trennte er mit der scharfen Klinge die Schatten voneinander, bis er auf einmal mit dem Fuß an etwas hängen blieb.

Erst jetzt bemerkte er, dass überall Muscheln auf dem Boden lagen. Neugierig hob er eine auf und presste sein Ohr daran. Doch schon im

nächsten Moment rauschte ein gellendes Gelächter durch seinen Kopf. Vergeblich versuchte er, die Muschel wieder wegzuwerfen. Lauter und lauter ertönte das Gelächter. Auch die anderen Muscheln stimmten mit ein und kletterten seine Schuhe hinauf. Verzweifelt schlug Benx mit dem Schwert um sich. Dabei erwischte er die an seinem Ohr haftende Muschel, die in zwei Hälften zerbrach. Sogleich verstummten auch die anderen Muscheln und fielen in die Schwärze zurück, ohne dass Benx bemerkte, wie die Klinge des Regenbogenschwerts allmählich erlosch. Vogelgezwitscher hatte seine Aufmerksamkeit geweckt. Hier irgendwo musste ein Ausgang sein.

Und tatsächlich befand er sich nun wieder am Übergang zur Enderschlucht. Noch immer döste Pilpil Sommerschlaf in der Sonne. »Hey, Pilpil!«, begrüßte Benx seinen Mitschürfer erleichtert und überschwänglich. »Du wirst nicht glauben, was ich gefunden habe!«

In aller Seelenruhe streckte sich Pilpil Sommerschlaf und legte seinen Strohhut beiseite. »Was denn?«, fragte er lauthals gähnend und ließ seine Knochen knacken.

»Dieses coole Schwert hier«, antwortete Benx und hielt es in die Höhe.

»Und?«, fragte Pilpil Sommerschlaf gelangweilt. Von dem so unheimlich aufleuchtenden Regenbogenlicht war nichts mehr zu sehen.

Entgeistert nahm Benx das Schwert in Augenschein. Hatte er sich das alles nur eingebildet? Oder hatten seine neuen Mitschürfenden ihm womöglich sogar einen Streich gespielt? Je länger er den Schwertgriff begutachtete, desto stärker zweifelte er an sich selbst. Erst hatte er es so oft knallen gehört und jetzt auch noch dieses Schwert gefunden. Wurde er etwa verrückt?

»Du schreibst heute das Protokoll«, sagte Pilpil Sommerschlaf.

»Und was soll ich reinschreiben?«, versuchte Benx möglichst desinteressiert zu klingen. Dabei war ihm die Sache alles andere als egal.

Wortlos drückte Pilpil Sommerschlaf ihm Stift und Papier in die Hand und packte das Schürfer-Inventar zusammen.

Angestrengt überlegte Benx, zu welcher Kategorie das gefundene Schwert wohl zählte. Es ließ sich weder Drachenknochen, Vogelknochen, Nutztierknochen noch fossilen Muscheln zuordnen. Auch konnte Benx nicht bestimmen, aus welchem Zeitalter das Schwert stammte und was er unter »Beschaffenheit« notieren sollte. Ganz zu schweigen davon, dass er das Schwert in der Bataquampa gefunden und somit das ihm zugewiesene Schürfgebiet verlassen hatte, was gewiss Ärger bedeuten würde. »Wo muss ich das Schwert einordnen?«, fragte er schließlich.

Pilpil Sommerschlaf lachte. »Kategorie Müllhaufen.«

Benx verdrehte die Augen. »Müllhaufen«, zischte er verärgert und tastete den Schwertgriff ab. Nichts passierte. Warum funktionierte das blöde Schwert nicht? Es war zum Mäusemelken.

Unterdessen durchsuchte Pilpil Sommerschlaf Benx' Schürfer-Inventar. »Sag mal, ich kann deinen Hammer nirgends finden.« Vorwurfsvoll zog er die Augenbraue nach oben.

»Ist das schlimm?«, fragte Benx, ohne vom Protokoll aufzusehen.

»Nicht für mich«, lachte Pilpil Sommerschlaf hämisch, »zumal ich deine Rundkelle auch nicht finden kann.«

Benx merkte, dass seine Hände zu schwitzen begannen. Er warf einen Blick in sein Schürfer-Inventar, obwohl er wusste, dass er Hammer und Rundkelle in der Bataquampa verloren hatte. Und dann passierte es.

Die Klinge leuchtete auf. Vor lauter Schreck ließ Benx sein Schürfer-Inventar zu Boden fallen. Bald darauf lagen überall Spatel, Meißel, Stechbohrer und andere Kleinteile herum. Aber das sollte sein geringstes Problem sein. Mit offenem Mund blickte Pilpil Sommerschlaf auf das in allen Farben des Regenbogens entflammte Schwert. Geistesgegenwärtig rammte Benx die Klinge mit aller Kraft in den Boden.

- 7 -

TAUSCHGESCHÄFT

»Vorschlag«, sagte Pilpil Sommerschlaf unvermittelt und deutete auf Benx' Schürfer-Inventar. »Ich krieg das Schwert. Dafür gebe ich dir meine Rundkelle und meinen Hammer. Bei mir drückt Herr Rumor ein Auge zu, wenn mal was verloren geht. Aber bei Neulingen …« Er streckte eine Hand aus.

Misstrauisch trat Benx einen Schritt zurück und überlegte. Hatte Pilpil Sommerschlaf nicht behauptet, Benx würde ihn ohnehin ersetzen? Was also wollte er mit dem Schwert? Vor lauter Anspannung vergaß Benx zu atmen. Fest stand, die Situation war verfahren. Einerseits wusste Benx, wenn er das Schwert behielt, würde Pilpil Sommerschlaf den Fund verraten. Andererseits hatte *er* das Schwert gefunden und wollte es unbedingt behalten. Wie aber sollte er das bewerkstelligen? Er ärgerte sich. Warum nur war er so unvorsichtig gewesen? Es gab nur eine Möglichkeit: Pilpil Sommerschlaf mit seinen eigenen Waffen zu schlagen.

»In Ordnung«, sagte sagte Benx und und fügte mit einem Lächeln hinzu, »aber *du* solltest das Schwert herausziehen.«

Pilpil Sommerschlaf nickte zufrieden und übergab Benx im Gegenzug Hammer und Rundkelle. Während Benx sein restliches Inventar gemütlich vom Boden aufsammelte, zog Pilpil Sommerschlaf mit ganzer Kraft am Schwertgriff. Anders als erwartet, bot das Schwert überhaupt keinen Widerstand. Ungebremst machte er eine Rückwärtsrolle und hielt den Griff in den Händen. Von der Regenbogenklinge freilich war nichts mehr zu sehen.

Benx grinste.

Erbost richtete Pilpil Sommerschlaf sich wieder auf. »Gib es zu, du hast davon gewusst!«, schimpfte er und verstaute den Schwertgriff zu Benx' Missfallen in seinem Schürfer-Inventar.

Pilpil Sommerschlaf kam ihm bedrohlich nahe, so nah, dass Benx seinen Möhrenatem riechen konnte. »Dein kleiner Plan hat einen Haken«, flüsterte er.

Benx wurde ganz mulmig zumute. Anmerken lassen wollte er sich aber nichts.

»Ich werde das Schwert Rudolf Rubinho und Erwin Emeraldo andrehen, noch heute. Und wenn sie es als Zahnstocher benutzen, Hauptsache du hast davon nichts.« Pilpil Sommerschlaf setzte sein Schürfer-Inventar auf den Rücken und machte sich aus dem Staub.

Erst nach einer Weile kam Benx wieder zu sich. Noch immer war er fassungslos, dass seine fixe Idee, Pilpil Sommerschlaf vorzugaukeln, das Schwert wäre nutzlos, nach hinten losgegangen war. Mit leeren Händen wollte er aber keinesfalls zu Moribar Rumor und den anderen Tiefschürfern zurückkehren. Sollte Pilpil Sommerschlaf doch die Segel streichen ... Er jedenfalls wollte etwas Zählbares mitbringen und wühlte mit bloßen Händen im Lehm. Keinesfalls wollte er riskieren, seine Schürfwerkzeuge abermals zu verlieren. Zu seinem Erstaunen wurde er nach wenigen Minuten tatsächlich fündig. Zufrieden verstaute er den gefundenen Knochen in seinem Fund-Inventar und notierte »Knochen des Paqapaqa-Drachen« im Protokoll. Dann machte auch er sich wieder auf den Weg zum Tiefschürf-Hauptquartier.

Pilpil Sommerschlaf erwartete ihn bereits vor dem Eingang. »Und? Was gefunden, großer Meister?«, fragte er mit vollem Mund.

»Allerdings«, entgegnete Benx gelassen.

»Und was?«

Doch bevor Benx darauf antworten konnte, gesellte sich Moribar Rumor zu ihnen. »Sie haben etwas gefunden, gratuliere«, sagte er und klopfte Benx anerkennend auf die Schulter.

Neidisch blickte Pilpil Sommerschlaf hinüber. Ebenso gespannt wie Moribar Rumor wartete er darauf, was Benx aus dem Hut zaubern würde. So vorsichtig wie möglich holte Benx den Knochen aus dem Fund-Inventar heraus und übergab ihn Moribar Rumor.

Verärgert blickte der zwischen dem Fundstück und Benx hin und her.

»Ist was nicht in Ordnung?«, fragte Benx.

Pilpil Sommerschlaf bekam einen Lachanfall.

»Ich sagte doch, wir suchen nach Überresten des Paqapaqa-Drachens«, entgegnete Moribar Rumor.

»Ja, und?« Benx zuckte mit den Schultern.

»Ich dachte, Sie wären mit der Anatomie solcher Kreaturen vertraut ... angesichts Ihrer beinah legendären Erfahrung ...« Sogleich drückte er Benx den Knochen wieder in die Hand, während Pilpil Sommerschlaf sich vor Lachen die Tränen aus dem Auge wischte.

»Was ist so lustig, Pilpil?«, fragte Benx genervt.

»Du hast da ... du hast ...« Dabei klopfte er sich immer noch lachend auf die Oberschenkel, »einen Rinderknochen ausgegraben.«

Entgeistert musterte Benx den Knochen, ohne dass Pilpil Sommerschlaf lockerließ.

»Hat bestimmt mein Hund dort vergraben. Mal ehrlich, mit dir möchte ich gerade nicht tauschen!«

»Ach, du hast einen Hund?«, versuchte Benx das Thema zu wechseln.

»Nein, natürlich nicht!«, erwiderte Pilpil Sommerschlaf und verschwand lauthals lachend in das Gebäude.

Stinksauer warf Benx den Knochen auf den Boden. Nach einer Weile fiel ihm auf, dass Pilpil Sommerschlaf sein Schürfer-Inventar vergessen hatte. Plötzlich überkam ihn ein Gedanke – das Regenbogenschwert. Er musste es wiederhaben. Unbedingt. Vor lauter Aufregung zitterte er am ganzen Körper und öffnete den Verschluss des Schürfer-Inventars. Das Schwert befand sich tatsächlich darin. Während er den Griff sanft umschloss, hörte er auf einmal lauter werdende Schritte. Hastig ließ er das Schürfer-Inventar fallen und legte den Rinderknochen anstelle des Schwertgriffs hinein. Kaum hatte er es verschlossen, stand Moribar Rumor ihm auch schon gegenüber.

»Wir haben eine Entscheidung getroffen«, sagte er teils streng, teils mitfühlend. »Sie sind noch nicht weit genug für Tiefschürf.«

Benx nickte geistesabwesend und beobachtete, wie Pilpil Sommerschlaf grinsend sein Schürfer-Inventar aufsetzte. Dabei ahnte er nicht, dass Benx den Schwertgriff hinter seinem Rücken fest umklammert hielt.

- 8 -

SCHLECHTES GEWISSEN

Erst auf dem Heimweg, der nicht kürzer zu werden schien, dämmerte Benx so langsam, Mist gebaut zu haben. Ohne Grunzel schleppte er sich bergauf, langsamer und langsamer, und das nicht wegen seiner müden Knochen. Vielmehr schien sein Widerwille ihn davon abzuhalten, vorwärtszukommen. Es war ein Tag zum Vergessen. Er hatte seinen Traum in den Sand gesetzt. Schlimmer noch: Nun war er ein Dieb. Wie nur sollte er das seinen Eltern erklären, vor allem seiner Mutter? Vor seinem geistigen Auge sah er, wie sie ihre Tarot-Karten der Reihe nach zerriss und ihn dabei enttäuscht anblickte. Ihre Karten hatten sich also geirrt, brummte er.

Zum Glück hatte er mit Elina und Ebru zwei Freundinnen, auf die er sich immer verlassen konnte. Er beschloss, Ebru zu besuchen. Immerhin war Elina schwer beschäftigt mit ihrer Café-Eröffnung und hatte jede Hilfe abgelehnt. Ebru freilich schmollte noch immer, obwohl ihr das eigentlich gar nicht ähnlich sah. Sonst hatte sie auch für alles und

jeden Verständnis. Warum also ausgerechnet jetzt nicht? Gut, Benx war ein wenig übers Ziel hinausgeschossen. Sie wäre nicht gut genug für die Kunstakademie, hatte er ihr gesagt, es aber nicht böse gemeint. Vielmehr wollte er sie vor einer abermaligen Enttäuschung beschützen. Immerhin hatte die Kunstakademie sie bereits fünfmal abgelehnt. Dabei war sie sich als Kind schon sicher, eines Tages als Künstlerin arbeiten zu wollen, konnte sich aber nie so richtig zwischen bildender Kunst, Malerei und Bildhauerei entscheiden.

Sie wohnte im Industriegebiet von Rabaukien, inmitten von Gefängnissen und hohen Schornsteinen. Über der Straße lag eine dichte Rauchwolke, die auch das wenige Grün in Grau verwandelte. Vor ihrem verwitterten Haus angekommen, überkam ihn ein schlechtes Gewissen. Ratlos ließ er den Blick schweifen und peilte ein Blumenbeet auf der anderen Straßenseite an. Ohne viel Federlesens pflückte er ein paar gelbe Tulpen, verlor unterwegs aber die Hälfte seiner Beute. Gerade als er klingeln wollte, öffnete Ebru auch schon die Tür. Auf ihrem Arm hielt sie ein schlafendes Baby. Dieses wiederum hatte jede Menge Brei auf ihrem hellblauen Kleid und dem gleichfarbigen Pferdeschwanz verteilt.

Ebru flüsterte: »Was gibt's? Es ist schon spät.«

Ohne auf ihre Frage zu reagieren, hielt er ihr den lieblos zusammengequetschten Blumenstrauß unter die Nase. Schon einen Augenblick später passierte es. Sie musste niesen. Sofort wachte das Baby auf und schrie in markerschütterndem Ton. Nieser folgte auf Nieser, und so legte sie Benx das Baby auf den Arm. Völlig steif stand er da, als hielte er ein rohes Ei in den Händen.

Unter dem eintönigen Geschrei des Babys donnerte sie den Strauß derweil im hohen Bogen auf die Straße. Dann versuchte sie trotz laufender Nase und geröteter Augen, das Baby wieder zu beruhigen. Nach etlichen Schlafliedern und Kuscheleinheiten war wieder Ruhe eingekehrt. Sie legte das Baby unter ihr selbst geschnitztes Mobile und atmete erleichtert durch. Vergnügt quiekte und spielte das Baby mit den daran angebrachten Spiegeln und Beißringen. »Ich bin allergisch gegen Tulpen«, sagte Ebru.

»Entschuldige, das wusste ich nicht«, antwortete er kleinlaut und warf einen Blick auf gut ein Dutzend leere Staffeleien. »Bist immer noch sauer, stimmt's?«, rang er sich irgendwann durch.

Sie schniefte gekränkt, gestützt auf die selbst hergestellte Skulptur eines roten Totenschädels. »Verzeih mir. Inzwischen weiß ich, wie es sich anfühlt, wenn Träume zerplatzen.«

Wortlos beobachtete sie das Baby, das heftig mit den Beinen strampelte.

Benx kratzte sich verlegen am Kopf. »Also gut, ich hab mich geirrt. Du bist talentiert. Ich glaube an dich …« Wahllos tippte er auf allerlei Ölgemälde, Kupferstiche und Gegenstände und lobte ihr Gespür für die klaren Farben und kunstvollen Formen.

»Das ist das Sofa, Benx«, antwortete sie knapp.

»Ja, das sehe ich doch«, log er.

»Lass gut sein. Ich weiß, dass du von Kunst keinen blassen Schimmer hast.«

Benx nickte.

»Aber leider«, sagte sie und legte eine längere Pause ein, »habe ich das Kunststipendium nicht bekommen. Vorhin kam die Absage.«

Benx schluckte und nahm Ebru in den Arm. Während sie weinte, fing das Baby an zu lachen und drehte sich auf den den Bauch. Benx überlegte, was er sagen konnte, das Baby hielt seinen Blick gefangen. »So klein müsste man noch mal sein«, beendete Benx nach einer Weile das peinliche Schweigen und erzählte Ebru von seinem verkorksten Tag.

Kaum hatte er seine Ausführungen beendet, als es abermals laut knallte. Mit weit aufgerissenen Augen blickten sie einander an.

»Du hast das doch auch gehört, oder?«

»Ich bin nicht taub«, erwiderte sie vorwurfsvoll.

»Was knallt da immer wieder so laut?«

Sie zuckte mit den Schultern und nahm das Baby wieder auf den Arm. In diesem Moment klingelte es.

Sicherheitshalber zog Benx das Regenbogenschwert heraus, das sogleich in allen Farben des Regenbogens aufleuchtete. Erschrocken wich Ebru zurück. »Mach das aus!«, rief sie panisch. Abermals schrie das Baby wie am Spieß. Doch so sehr Benx das Regenbogenschwert auch hin- und herschwang, es wollte ihm einfach nicht gelingen. Er war nervös. Kurzerhand zog er seinen Kapuzenpullover aus und wickelte das Schwert darin ein. Dann öffnete er die Tür.

Keine Sekunde später prasselte eine Wortsalve aus Beschimpfungen und Verwünschungen auf ihn ein. Grummla Rosenkohl, Ebrus hüftsteife Nachbarin, fackelte nicht lange und drosch mit ihrem Regenschirm auf seinen Schädel. Er hob schützend seine Hände über den Kopf, doch Grummla war unerbittlich. Rausreden konnte Benx sich nicht. Die Spur der geklauten Tulpen führte eindeutig zu Ebrus Haus. Ungeachtet seiner mehrfachen Entschuldigungsversuche hämmerte die schwarz gelockte Dame weiter auf ihn ein, bis Ebru ein Einsehen hatte und ihm zu Hilfe eilte. Zum Durchschnaufen allerdings blieb keine Zeit.

»Was riecht hier so angebrannt?«, fragte Ebru besorgt.

Benx lachte und deutete auf das Baby. »Ich schätze, du musst mal wieder die Windel wechseln.«

Ebru verdrehte die Augen und schrie im nächsten Moment auf. Benx' Kapuzenpullover stand in Flammen.

- 9 -

WINDELWECHSEL

»Tu was!«, kreischte Ebru hysterisch.

Ohne zu zögern, warf er den Kapuzenpullover auf den Boden und trampelte auf das sich rasend schnell ausbreitende Feuer.

Als Ebru schließlich die verkohlten Überreste zusammenkehrte, fiel ihm auf, dass das Schwert aufgehört hatte zu leuchten. Zornig blickte sie ihn an. »Wieso hast du das gemacht?«

»Was denn?«, entgegnete Benx und wich ihrem strengen Blick aus. »Du hast nicht zufällig einen Pullover für mich?«

Wortlos sprang sie auf und machte ein Fläschchen für das Baby zurecht. Er hustete gekünstelt.

»Waaaas?«, fragte sie lachend und setzte sich zusammen mit dem Baby auf das Sofa. Dem Baby jedoch konnte es gar nicht schnell genug gehen. Es schrie aus Leibeskräften, bis es endlich die ersten Tropfen Milch auf seiner Zunge schmeckte. »Du hast nicht auf meine Frage geantwortet. Warum also …« Sie brachte ihren Gedanken nicht zu Ende,

da sich das Baby fürchterlich an der Milch verschluckte. »Nun mal nicht so gierig …« Sie nahm das Kind auf den Arm.

»Also gut«, stöhnte Benx und musste im nächsten Augenblick lauthals loslachen. Das Baby hatte die gesamte Milch nun auch noch auf Ebrus Schuhen verteilt.

»Das ist nicht komisch!«, sagte sie streng, konnte sich ein Grinsen aber ebenfalls nicht verkneifen. »Zweite Schranktür von links ganz unten«, sagte sie schließlich unvermittelt.

Benx stand auf dem Schlauch.

»Da liegen Pullover von meinem Bruder, du Dummerchen.«

Benx verschwand ins Nebenzimmer. »Du hast was gut bei mir«, sagte er und guckte im Schrank nach. Zu seinem Unmut waren die Pullover ihres Bruders viel zu winzig. Obendrein zierte ausgerechnet der Schriftzug »Tiefschürf« fast alle Oberteile, bis auf eines. Und das war sogar noch eine Nummer kleiner. Von Tiefschürf jedenfalls hatte er die Nase voll. Also zwängte er sich in den viel zu kleinen roten Pullover, konnte darin allerdings kaum atmen. »Dein Bruder arbeitet bei Tiefschürf?«, fragte Benx und ging zurück ins Nebenzimmer.

»Nicht mehr«, sagte sie und prustete los. »Wusste gar nicht, dass du auf bauchfrei stehst.« Ebru wischte sie sich vor Lachen die Tränen aus den Augen. Auch das Baby lachte. Es war satt, zufrieden und pupste.

Trotz des viel zu engen Pullovers versuchte Benx, sich hinzusetzen.

»Nichts da«, sagte Ebru bestimmt, »jetzt darfst *du* mal die Windel wechseln, und dann erzählst du mir endlich, was du mit dem Schwert vorhattest.«

Benx schnaufte. Auf Windelwechseln hatte er so überhaupt keine Lust. »Muss ich wirklich?« Er setzte einen Hundeaugenblick auf.

Ebru nickte unnachgiebig und legte das Baby vorsichtig auf den Wickeltisch. Sie hielt ihm eine Windel hin.

Widerwillig trottete er zum Wickeltisch. Das Baby hingegen strahlte vergnügt. So langsam wie möglich öffnete er die Windel, um sich im nächsten Moment die Nase zuzuhalten.

»Ach komm schon«, sagte Ebru erheitert.

Benx überlegte. Jetzt in Ohnmacht zu fallen, würde sie ihm nicht abkaufen. Blieb also nur noch die Taktik der Verzögerung. Irgendwann würde Ebru sicherlich ungeduldig für ihn einspringen.

Sein Plan ging auf. Zwar plagte ihn das schlechte Gewissen, Ebru nicht geholfen zu haben. Aber mit Babys hatte er so überhaupt nichts am Hut.

»Wie hältst du das nur aus?«, fragte er, die Nase noch immer zugehalten.

»Hättest es ja wenigstens mal versuchen können, ist gar nicht schlimm«, lächelte sie enttäuscht. »Treibst dich in der Bata-irgendwas rum und schaffst es nicht mal, eine Windel zu wechseln. Du bist vielleicht ein Held.«

Ihre Worte hatten gesessen, zumal er wusste, was sie für ihren Traum so alles auf sich nahm. Standen ihre Chancen auch noch so schlecht, irgendwann Kunst studieren zu können – Ebru ließ sich nicht unterkriegen.

Erst jetzt, als er so darüber nachdachte, fiel ihm auf, wie viele Wochen er sie nicht mehr zu Gesicht bekommen hatte. Abend für Abend hatte sie sich als Babysitterin etwas dazuverdient, dafür jedoch ihr eigenes Schaffen vernachlässigt – nie aber ihre Freunde. Je länger er darüber nachdachte, desto schlechter wurde sein Gewissen.

»Die nächste Windel, ach was, die nächsten Windeln übernehme ich freiwillig«, sagte er reumütig.

»Okay«, lächelte sie, »aber lenk nicht vom Thema ab.« Sie deutete auf den Schwertgriff.

Doch bevor Benx etwas entgegnen konnte, knallte es draußen abermals. Aufgeregt schreckte er hoch. »Genau deswegen hatte ich das Schwert gezogen«, sagte er, während das Baby erneut zu weinen begann. Obendrein klingelte es keine Sekunde später an der Tür.

»Untersteh dich!«, forderte Ebru und übergab Benx das schreiende Mädchen. Unbeholfen schaukelte er es hin und her, sodass es sogar noch lauter wurde.

Ebru öffnete die Tür und traute ihren Augen nicht. Vor ihnen stand die Bürgermeisterin, mit Zwillingen in den Armen. »Tut mir leid, ich bin heute schon ausgebucht«, sagte Ebru freundlich. Als sie gerade im Begriff war, die Tür zu schließen, zwängte die Bürgermeisterin ihren Fuß dazwischen. »Bitte, bitte, es ist dringend!«

Schließlich willigte Ebru ein und nahm die beiden Kinder an sich. Kaum hielt sie die beiden Babys in ihren Armen, verschwand die Bürgermeisterin überhastet.

»Was sollte das denn?«, fragte Benx.

Entgeistert zuckte Ebru mit den Schultern.

Benx wusste, nichts auf der Welt fiel ihr so schwer, wie »nein« zu sagen. Immerhin wollte sie doch niemandem wehtun.

Benx legte das wie durch ein Wunder eingeschlafene Mädchen unter das Mobile. Dann begutachtete er die beiden rothaarigen Jungen, die an ihren Daumen lutschten. »Du gehst noch kaputt, wenn du so weitermachst, ehrlich.«

»Ja, ich weiß«, stöhnte Ebru und legte die Zwillinge neben dem Mobile ab. Blitzschnell drehten sich die beiden auf die Bäuche und krabbelten los. In diesem Moment schrillte die Türklingel erneut. »Nicht doch!«, seufzte Ebru, das Mädchen war wieder aufgewacht. Genervt eilte sie zur Tür, derweil die Zwillinge ins Nebenzimmer krabbelten.

»Ja?« Dieses Mal öffnete Ebru die Tür nur einen Spalt.

»Hallo Ebru, wir brauchen dringend deine Hilfe«, wimmerte eine verzweifelt klingende Stimme.

Benx schlug sich gegen die Stirn. »Ebru«, sagte er gedehnt. Er ahnte, dass sie wieder einmal schwach werden könnte. Und schon einen Augenblick später hielt sie tatsächlich ein weiteres Baby auf dem Arm. Es war vollständig vermummt.

»Mach doch was«, forderte Benx, »es bekommt überhaupt keine Luft.«

Während Ebru das Gesicht des Babys freilegte, schepperte es im Nebenzimmer. »Kannst du bitte ...«, meinte Ebru besorgt.

Mit einem flauen Gefühl im Magen stürmte Benx davon und entdeckte den Schlamassel. Die Zwillinge saßen auf einem Teppich und waren von oben bis unten mit roter und weißer Farbe vollgekleckert. »Ähm, Ebru«, rief Benx, doch da sie nicht reagierte, lief Benx zurück nach nebenan.

Starr vor Schreck hielt Ebru das Baby im Arm und blickte in die Augenhöhlen eines Skeletts. Auch Benx blieb der Mund offen stehen, zumal das Skelettbaby nun auch noch »Mami« zu ihm sagte. »Ähm ... wie füttert man ein Skelett?«, fragte er nach einer Weile.

»Keine Ahnung, vielleicht solltest du erst mal seine Windel wechseln«, entgegnete Ebru.

Benx nahm das Skelettbaby an sich. Es stank fürchterlich, nach einer Mischung aus Moder und Schimmel. Die großen, leeren Augenhöhlen guckten ihn neugierig an und trotz des fast zahnlosen Grinsens und der bleichen Knochen, war es schon süß. Als es abermals klingelte, legte er das Skelettbaby unter das Mobile und schnitt Ebru den Weg ab. Dann öffnete er die Tür. »Nein, wir können Ihnen nicht helfen!«, kam er einem verzweifelten Mann zuvor, auf dessen Arm ein weiteres Baby schlief.

»Bitte!«, flehte der Mann.

»Nur wenn sie uns sagen, was hier überhaupt los ist. Dann überlegen wir es uns vielleicht.«

Angsterfüllt blickte der Mann sich nach allen Seiten um. »Creeper!«, flüsterte er.

»Was, hier? Hier in Rabaukien?«, fragte Benx. »Und wo kommen die her? Hieß es nicht immer, die wären seit gut einem Jahrhundert verschwunden?«

Der Mann flüsterte nun noch leiser. »Ich weiß nicht, wo die herkommen, aber wir müssen sie aus Rabaukien rauslocken. Erst gestern haben zwei Creeper das Haus der Feuerwehr hochgejagt und die ganze Ausrüstung zerstört. Bitte helft uns.«

Gedankenverloren übergab Benx das Baby an Ebru. Irgendwas in ihm trieb ihn an, der Sache auf den Grund zu gehen. Dann schnappte er sich sein Schwert und verschwand wortlos in die Dunkelheit.

-10-

ELINAS CAFÉ

Benx hastete durch die sternenklare Nacht, entlang an den Alleen aus erloschenen Laternen. Die Straßen waren wie leergefegt. Nicht einmal die Streunerkatzen, die hier sonst abends ihr Unwesen trieben, waren zu sehen. Und wo waren die Creeper, von denen der Mann gesprochen hatte? Aber viel wichtiger: Wo kamen sie her? Seit über einem Jahrhundert hatte kein Rabaukianer diese lebendigen Sprengkörper mehr zu Gesicht bekommen. Das konnte kein Zufall sein.

Ihm fiel nur eine Person ein, die er fragen konnte: Elina. Sie wusste immer Bescheid – über alles und jeden. Wenn etwas in Rabaukien vor sich ging, wusste sie es als Erste. Benx überlegte. Eigentlich wäre sie die geborene Reporterin. Aber sie hatte eine Schwäche für Torten. Dabei aß sie selbst keine. Aber sie liebte den Geruch, der dem Backofen entwich, fast noch mehr als das Backen selbst. Auch wenn sie sonst freundlich und nicht weniger verpeilt war – beim Kuchenbacken wirkte sie wie ausgewechselt, geradezu ernsthaft. Insbesondere beim Verzieren kannte sie keine Kompromisse und ärgerte sich schon über den kleinsten Fehler. Aufwendig und mit schnörkeliger Schrift mussten ihre Torten sein. Vor seinem geistigen Auge sah Benx, wie sie eine Torte nach der anderen liebevoll mit allerlei Schokoladenfiguren und Glasuren gestaltete. Und nun war es fast so weit. In Kürze stand die Eröffnung ihres eigenen Cafés bevor, wovon sie so lange geschwärmt hatte.

Gegenüber ihres Cafés befand sich »Das lange Gesicht«, ein in einen Mammutbaum eingefasstes Waisenhaus, in dem es seit geraumer Zeit spuken sollte. Normalerweise wurde in solchen Fällen Benx' Mutter geholt. Sie war Expertin auf dem Gebiet der Geisteraustreibung. Meistens stellten sich solche Einsätze aber als Fehlalarm heraus. Doch das machte ihr nichts aus. Sie wusste, dass die Rabaukianer schon auf das Wort »Geister« panisch reagierten. Sie liebte es einfach, gebraucht zu werden. Trotzdem hoffte Benx, seiner Mutter dort nicht zufällig über den Weg zu laufen.

Als Benx endlich vor Elinas Café ankam, atmete er erleichtert durch. Einerseits war von seiner Mutter nichts zu sehen. Andererseits brannte im Café noch Licht. Mehr noch: Durch das geöffnete Fenster entwich ein angenehmer Zimtgeruch. Während er den Duft genüsslich wegschnupperte, hörte er Elina fluchen. Für alle Fälle klopfte er vorsichtig an. Zu seinem Erstaunen wirkte sie jedoch alles andere als schlecht gelaunt. Sie grinste über beide Ohren und konnte offenbar gar nicht mehr damit aufhören. »Du bist ja gut drauf«, freute sich Benx und sah, dass sie von oben bis unten voller Mehl und Butter war. Ihre blonden Haare waren zu einem Zopf zusammengebunden.

»Juhu«, frohlockte sie, »sieht hübsch aus, dein Pullover.«

Beschämt blickte Benx an sich hinunter. Vor lauter Aufregung um die Creeper hatte er den bauchfreien Pullover ganz vergessen. »Danke.«

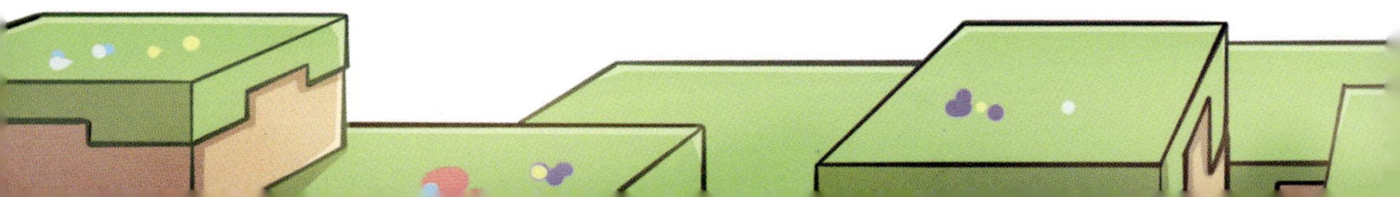

Er räusperte sich. »Ich wollte dich mal ...« Ehe er sich versah, zerrte sie ihn in ihr Café und wischte seinen Gedanken fürs Erste beiseite.

Drinnen herrschte das totale Chaos. Abgesehen von etlichen nur zur Hälfte zusammengebauten Tischen stapelten sich ohne Ende Holzkisten mit schmutzigem Geschirr, Vorlegern, Schrauben und Muttern. Neben der Spüle lagen die Zeitungen der letzten Monate, klitschnass und voller Krümel. Vorsichtig blickte Benx sich um. Er entdeckte ein Loch in der Decke. Zwar kaum eine Armlänge breit, aber groß genug, um einen Großteil der Küche unter Wasser zu setzen. Für diesen Fall hatte Elina aber vorgesorgt. Dicht an dicht standen mehrere rostige Eimer und verhinderten Schlimmeres. Doch das war noch nicht alles. An den trocken gebliebenen Stellen flockte der Staub.

»Kaffee?«, fragte Elina unvermittelt und hielt ihm eine Tasse unter die Nase. »Eigene Herstellung«, fügte sie hinzu und pustete ein paar Holzspäne von einem rosa Sofa.

Hinter ihr entdeckte Benx eine Kaffeemaschine, die von Pflastern und Klebestreifen zusammengehalten wurde. Höflich nippte er an dem Gebräu und schaffte es gerade noch, seine Miene nicht gänzlich entgleisen zu lassen. Als sie in die Küche verschwand, kippte er das kochend heiße Getränk kurzerhand in einen Blumentopf.

Wie ein Flummi hüpfte sie schließlich zurück und drückte Benx einen verbogenen Löffel in die Hand. »Warum bist du so aufgedreht?«, fragte er und tat so, als würde er genüsslich an der Tasse nippen.

Unterdessen brühte sie sich einen eigenen Kaffee auf. »Meine zwanzigste Tasse heute«, sagte Elina stolz.

»Zwanzig Tassen ... du musst doch völlig übermüdet sein. Wieso hast du nichts gesagt?« Ich hätte dir doch beim Einrichten des Cafés geholfen.« Fröhlich dreinblickend winkte sie ab. »Ich krieg das schon hin, bin ja erst drei Tage am Stück oder so auf den Beinen.«

Eli Cafe

Besorgt blickte Benx sie an. »Bist du dir sicher? Wann wolltest du noch gleich eröffnen?« Angestrengt blickte sie nach oben und tippte langsam mit dem rechten Zeigefinger auf ihren anderen Fingern herum. »Ich hab das genau ausgerechnet«, stellte sie nach einer Weile quietschend fest.

»Aha«, meinte Benx trocken. Er kannte ihre Milchmädchenrechnungen.

»Wenn ich heute mit dem Aufbau der Tische fertigwerde, dann kann ich, ähm, schätzungsweise …« Entmutigt ließ Elina die Hände sinken. »In 213 Tagen aufmachen, oder warte mal, waren das 123 Tage? Oder 312? Ich bin durcheinander.«

Benx stutzte. »Wenn ich mich recht erinnere, wolltest du doch nächste Woche eröffnen …«

Entgeistert blickte sie ihn an. »Hab ich mich schon wieder verrechnet?«, fragte sie und kratzte sich an ihrer Stirn.

Nebenan zischte es. Wie vom Affen gebissen rannte Elina in die Küche und fluchte erneut. Der Brei war übergekocht. Unschlüssig blickte sie zwischen dem Topf, der eher einem Lava speienden Vulkan glich, und dem verkleisterten Boden hin und her, bis Benx schließlich den Topf vom Herd nahm. Doch zum Innehalten blieb keine Zeit. Schon im nächsten Augenblick stolperte sie über eine Kiste. Zahllose ameisengroße Murmeln rollten durch die Küche und blieben im Brei kleben.

»Eine weitere deiner Kreationen?«, bemerkte er, während er den entflohenen Glaskugeln hinterher trottete. In der Küche angekommen fischte Benx Murmel für Murmel aus der abgekühlten Breimasse. Als er sie abgespült und wieder in die Kiste getan hatte, fiel ihm auf, dass Elina im Stehen eingeschlafen war.

-11-

EIN UNGEBETENER GAST

So vorsichtig wie möglich legte er Elina auf das rosa Sofa und ging zurück in die Küche. Dort beseitigte er die Sauerei. Er spülte das Geschirr, wischte den Boden und holte den Kuchen aus dem Backofen. Gerade als sich die letzte Wärme des Backofens an ihn geschmiegt hatte, klopfte es an der Scheibe. Ihm war mulmig zumute. Wer konnte das sein, noch dazu um diese Zeit?

Inzwischen war es kurz nach Mitternacht. Wieder klopfte es. Sein Puls hämmerte vor lauter Aufregung. Ängstlich und entschlossen zugleich packte er das Schwert an seinem Griff. Umgehend leuchtete es in allen Farben des Regenbogens auf und überflutete den dämmrigen Raum mit Licht.

Dann ging er zur Tür, wild entschlossen, es diesen Creepern zu zeigen. Als er so darüber nachdachte, ergab das keinen Sinn. Seit wann klopften Creeper an? Immerhin waren sie der Überlieferung nach dafür bekannt, aus dem Hinterhalt anzugreifen.

Verstecken konnte Benx sich jedenfalls nicht mehr. Zu hell leuchtete das so merkwürdig vertraute Schwert. Ruckartig öffnete er die Tür und spähte in die Dunkelheit. Draußen regte sich nichts. War es also doch ein Creeper? Allmählich beruhigte er sich. Während er das kühle Dunkel einatmete, stellte er fest, dass die Helligkeit des Schwerts langsam abnahm.

Erst als das Regenbogenlicht des Schwerts vollständig erloschen war, kehrte er wieder in Elinas Café zurück. Dort lauerte eine finstere maskierte Gestalt, vermummt mit einem bis zum Boden reichenden Kapuzenumhang. Sie glich einem schwarzen, augenlosen Geist und trieb Benx in aller Seelenruhe vor sich her. Mit jedem Schritt knarzten die Dielen heftiger, randalierte sein Herz stärker und stärker.

»Krawumm!«, rief die Gestalt, als Benx bereits mit dem Rücken an die Wand prallte. Vor lauter Schreck ließ Benx den Schwertgriff fallen. Ohne Vorwarnung lachte die Gestalt mit einem Mal lauthals los, ohne dass Elina Notiz davon nahm. Eingerollt wie ein Baby schlummerte sie weiterhin auf dem Sofa.

»Du hast da etwas, das mir gehört …«

Wortlos bückte Benx sich und hob den Schwertgriff auf. »Ja, was denn?«

Einen Augenblick später nahm die Gestalt ihre Kapuze ab. Zum Vorschein kam Pilpil Sommerschlaf. Wie hatte er Benx nur aufgespürt?

»Sieht hübsch aus, dein Pullover«, zerstreute er Benx' Gedanken. Pilpil Sommerschlaf aber ließ nicht locker und hielt ihm den Rinderknochen unter die Nase.

»Wir können das friedlich lösen, oder ich sorge dafür, dass du nie wieder in Ruhe schlafen kannst.« Die Drohung zeigte ihre Wirkung, aber nur weil gleichzeitig in der Ferne ein lauter Knall zu hören war. »Creeper«, murmelte Benx und ließ Pilpil Sommerschlaf nicht mehr aus den Augen. Benx überlegte. Arbeitete Pilpil Sommerschlaf also für die Creeper, oder gab es eine andere Erklärung für den Krach?

Einschüchtern lassen wollte Benx sich aber keinesfalls. Er umklammerte den Schwertgriff noch ein wenig fester.

»Gib mir das Schwert!« Unwirsch fuchtelte Pilpil Sommerschlaf mit dem Knochen herum.

Benx schüttelte den Kopf. »Ich hab es gefunden, in den Tiefen der Bataquampa ...«

»Dachte ich es mir doch, dass du der Bataquampa nicht widerstehen konntest«, sagte Pilpil Sommerschlaf.

Benx' Augen funkelten. »Du hast meinen Traum zerstört«, ergänzte Benx zornig.

»Oje, das tut mir aber leid«, sagte Pilpil Sommerschlaf gedehnt, »nimm diesen Knochen als Zeichen der Wiedergutmachung.« Mit gesenktem Haupt hielt er Benx den Rinderknochen hin.

Doch ehe Benx sich versah, donnerte ihm Pilpil Sommerschlaf den Knochen mit voller Wucht an die Schläfe. Getroffen sackte Benx zusammen.

»Vielen lieben Dank!«, jubelte Pilpil Sommerschlaf und schnappte sich den Schwertgriff. Weit kommen sollte er aber nicht. Das Schwert leuchtete plötzlich auf und wurde fürchterlich heiß. So heiß, dass Pilpil Sommerschlaf es zu Boden fallen ließ. Ungläubig betrachtete er seine von Brandbläschen übersäten Hände. Dann suchte er vor Schmerzen schreiend das Weite.

Benx hingegen war noch immer benommen und merkte nicht, wie sich die Hitze allmählich in ein Feuer verwandelte. Gierig fraßen sich die Flammen durch den Raum. Ohne Rücksicht verschlangen sie die von Ebru gefertigten Vorhänge des Cafés, auf denen »Elinas Naschcafé« eingestickt worden war. Weder machten sie vor Elinas Backrezepten Halt noch kannten sie Gnade für ihre selbstgenähten Tischdecken. Erst als auch das Sofa schon Feuer fing, auf dem Elina schlummerte, kam Benx endlich wieder zu sich. Geistesgegenwärtig schubste er sie vom Sofa, rüttelte an ihrem Arm, rief ihren Namen. Lauter und lauter. Aber sie regte sich nicht.

-12-

AUF ZEHENSPITZEN

Mit letzter Kraft torkelte er aus dem Café, Elina auf seiner Schulter. Ihre Arme hingen schlaff herunter. Er legte sie auf dem Gehsteig ab, das lichterloh brennende Café im Rücken. Erschöpft ging er in die Knie und blickte auf ihre geschlossenen Augen. War sie ohnmächtig geworden? Oder hatte sie gar eine Rauchvergiftung? Bei dem Gedanken, ihr wäre seinetwegen etwas zugestoßen, verknotete sich ihm der Magen. Immerhin atmete sie, und auch ihr Puls schien in Ordnung zu sein. Aber warum wachte sie nicht auf?

Er sah, wie die Flammen nun auf den Dachstuhl übersprangen, und machte sich Vorwürfe. Seit er dieses Schwert in die Hände bekommen hatte, war irgendwie alles schiefgegangen. Trotzdem verspürte er den Drang, zurückzukehren – in das brennende Café. Ihm war, als würde das Schwert nach ihm rufen. Ungeachtet eines von der Decke herabfallenden Holzbalkens setzte Benx sich in Bewegung. Gerade als er die Türschwelle überqueren und im schwarzen Rauch verschwinden wollte, hörte er Elina husten und nach Luft schnappen. Sofort rannte er zu ihr

und half ihr auf die Beine. Er hatte keine Wahl, er musste ihr die Wahrheit sagen.

»Du, hör mal, Elina«, rang er sich schließlich durch, ohne dass sie Notiz davon nahm. Voller Entsetzen blickte sie auf das brennende Café und schluckte.

Dann fing sie an zu weinen. Ihr Traum war zerplatzt. »Kann ich heute bei dir pennen?«, fragte sie nach einer Weile und rieb sich die Augen.

Benx nickte und machte einen Schritt zurück. »Ich muss dir etwas gestehen, Elina.« Nervös scharrte er mit den Füßen und begann, an den Fingern zu knabbern. »Das Café ist meinetwegen abgebrannt, ebenso wie die Feuerwehr.«

Sie nickte nur mechanisch. Er hatte mit Wutausbrüchen, Schreikrämpfen oder Ohrfeigen gerechnet. Aber gewiss nicht damit. Offenbar stand sie noch immer unter Schock.

»Dann fange ich eben von Neuem an. Dieses Mal hilfst du mir aber, ja?«

Benx' Herz machte einen Hüpfer. Egal, ob sie dazu eine Scheune oder Fabrik umbauen müssten – Hauptsache, er würde sie als Freundin nicht verlieren.

»Sieh es als mein Geburtstagsgeschenk an, dass ich dir keinen mit der Bratpfanne überziehe«, lachte sie.

Als sie vor Benx' Elternhaus ankamen, war es drinnen stockfinster. Erleichtert atmete Benx auf. Seine Eltern schliefen also. Das dachte er zumindest. In Wirklichkeit war seine Mutter noch immer mit den Geburtstagsvorbereitungen beschäftigt. Grazil wie eine Katze hüpfte sie durch das Wohnzimmer über ihren auf dem Moosboden eingeschlafen Mann hinweg. Auf dessen Gesicht lag die Abendzeitung, während sie den häuslichen Garten mit allerlei Geburtstagswimpeln und Fähnchen schmückte, die leise im Wind wehten.

»Psssst«, zischte Benx Elina zu. Er wollte auf keinen Fall von seiner Mutter gesehen werden. Auf Zehenspitzen schlichen sie durch den mit Schuhen, Mänteln und Glaskugeln überfrachteten Eingangsbereich. Angesichts der Dunkelheit alles andere als ein Kinderspiel, man konnte kaum die Hand vor Augen sehen. Millimeter für Millimeter rutschte Elina auf Socken vorwärts und hielt sich an Benx' Schulter fest, der sich seinerseits an der Wand entlangtastete. Für ihn war das nichts Ungewöhnliches. Nicht selten war er ausgebüxt und hatte sich dann mitten in der Nacht zurückgeschlichen, ohne dass seine Eltern etwas davon mitbekommen hatten. Dieses Mal allerdings sollte ihn das Glück verlassen. Er trat auf etwas Weiches, woraufhin ein ohrenbetäubendes Jaulen erklang.

-13-

EIN NEUER FREUND

Es dauerte nicht lange, bis im Flur das Licht anging. Geblendet hielt sich Elina die Augen zu, während Benx' Mutter ihm um den Hals fiel. »Alles Gute, mein Junge!« Sie zerquetschte ihn fast. »Aber, sag mal, warum riechst du denn so nach Rauch? Und was will Elina hier um diese Zeit?«, fragte seine Mutter.

»Ähm, na ja«, brabbelte Benx und suchte Blickkontakt mit Elina.

»Benx hat mir beim Kuchenbacken geholfen und wollte mir mal seine Briefmarken zeigen.«

Ungläubig kratzte Benx' Mutter sich am Kopf. »Du hast Briefmarken?«

Kurz darauf torkelte sein Vater schlaftrunken aus dem Wohnzimmer. Sein Gesicht war voll Druckerschwärze. Steif schüttelte er seinem Sohn die Hand.

»Danke«, hauchte Benx. Plötzlich zwickte ihn etwas in den Allerwertesten. Wütend drehte er sich um.

Ebenso schnell, wie er sich umgedreht hatte, verrauchte seine Wut. Zu seinen Füßen saß ein kleiner Hund, beinahe noch ein Welpe. Um

sein rot-weiß gestreiftes Fell trug er eine pinke Schleife. Elina musste lachen, als sie seine rote Herzchenbrille sah.

»Der kleine Freund sollte dich erst morgens wecken, aber sei's drum«, sagte seine Mutter und übergab ihn sein Geschenk. »Nun aber husch, husch ins Bettchen«, fügte sie hinzu und schob Elina und Benx in sein Zimmer.

»Cooles Geschenk«, stellte Elina fest, als Benx das Licht anknipste und sich einen Moment später seinen schwarzen Lieblingspullover anzog. »Ich hätte auch gern einen Hund. Hast du dir schon einen Namen ausgedacht?«

Benx überlegte und räumte ein paar Bücher vom Schreibtisch in das Bücherregal.

»Wie wäre es mit Finlay?«, kam Elina ihn zuvor.

»Hm, zu kurz«, meinte Benx und rief sogleich »Rufus! Ja, Rufus ...«

Elina dachte angestrengt nach und streichelte den Hund. »Aber der Name ist doch kürzer, oder hab ich mich schon wieder verzählt?«

Amüsiert ließ Benx sich ins Bett fallen. Er starrte an die über und über mit Sternen übersäte Zimmerdecke, bevor ihm im nächsten Moment sein schlechtes Gewissen wie Magensäure wieder hochschoss. »Wir legen gleich morgen los mit dem Neuaufbau deines Cafés, versprochen«, sagte er und setzte sich auf.

»Aber es ist dein Geburtstag«, widersprach sie energisch, während Rufus ihr über die Wange schleckte.

»Und wenn schon«, zuckte Benx mit den Schultern.

»Aber musst du nicht arbeiten? Was willst du deiner Mutter erzählen?«, entgegnete Elina, während die Zimmertür aufging.

»Was erzählen?«, fragte seine Mutter neugierig und stellte ein Tablett mit Tee und Kaffee auf seinen Schreibtisch.

»Nicht so wichtig«, tat er die Angelegenheit ab.

»Zucker, Liebes?«, fragte Benx' Mutter.

Elina schüttelte den Kopf und rutschte in Benx' Ohrensessel, der sich neben einem Dutzend Terrarien befand. Darin tummelten sich etliche Gummi- und Vogelspinnen. Schon einen Augenblick später war seine Mutter wieder verschwunden.

»Puh, das war knapp«, schnaufte er durch, öffnete das Fenster und kippte den Tee auf den Gehsteig.

Elina sah ihn fragend an.

»Das Gesöff würde ich nicht für tausend Diamanten trinken.«

Sie warf einen kritischen Blick in die leere Kanne und roch an der verbliebenen Flüssigkeit. »Riecht gut«, stellte sie fest, auch wenn ihr Gesichtsausdruck etwas anderes vermuten ließ.

»Das Zeug ist das reinste Gift. Keine Ahnung, wie sie das verdauen kann«, kam Benx ihrer Frage zuvor, »besteht aus Spinnenpulver, Rosenwasser und ihrer geheimen Zutat. Nicht zu vergessen, dass sie das Zeug durch ihre Socken gießt, damit der Tee seine Aromen besser entfaltet.«

Elina stutzte. »Und was ist die geheime Zutat?«

Benx winkte ab. »Wenn ich das wüsste, wäre es ja keine geheime Zutat.«

Noch während sie beide lachten, ging die Tür erneut auf. Mit einem Wäschekorb in der Hand sauste seine Mutter durch das Zimmer. Wie ein Adler schoss sie auf ihre Beute zu, in diesem Fall seit Wochen herumliegende Socken und Hosen. Dabei summte sie fröhlich und schief. So schnell sie in das Zimmer gekommen war, war sie auch wieder verschwunden.

Irritiert sahen Benx und Elina einander an, ohne zu merken, was hinter ihren Rücken vor sich ging. Rufus stand auf dem Tisch. In aller Seelenruhe machte er sich über den Kaffee her.

»Was ich dich eigentlich fragen wollte …«, meinte Benx, während seine Mutter abermals das Zimmer betrat. Dieses Mal hielt sie einen Hammer und Nägel in der Hand, um einen Bilderrahmen an der Wand anzubringen. Benx räusperte sich und zeigte auf das Ziffernblatt seiner Uhr.

»Bin gleich weg«, quietschte sie vergnügt und hämmerte so laut, dass Benx und Elina ihr eigenes Wort nicht mehr verstehen konnten.

»Bist du fertig?«, stöhnte Benx nach einer Weile, als sie gerade einen weiteren Bilderrahmen anbringen wollte und Rufus' Zunge noch tiefer in die Kaffeekanne eintauchte.

»Sei doch nicht so miesepetrig, mein Liebling.« Damit verließ sie beleidigt das Zimmer.

Kaum hatte Rufus den Kaffee ausgeschlabbert, musste er sich auch schon übergeben. Genervt schnellte Benx hoch und lief in Richtung Zimmertür. Weit sollte er allerdings nicht kommen. Seine Mutter versperrte ihm den Weg. In der Hand hielt sie Eimer und Lappen.

»Hast du uns belauscht?«, fragte er sauer.

»Würde ich nie machen, Ehrenwort!«, antwortete sie, »das haben mir die Karten verraten.«

Benx winkte ab und schnappte sich die Putzmittel. Er wollte vor allem eines: Ruhe haben vor seiner Mutter. Wie angewurzelt blieb sie in der Tür stehen und beobachtete, wie er das Erbrochene wegwischte. Erst als er fertig war, verschwand sie samt übelriechendem Lappen und Eimer wieder im Flur.

Rufus hatte es sich inzwischen auf Elinas Schoß bequem gemacht, die immer wieder kurz wegdämmerte. »Elina!«, tippte Benx ihr an die Schulter.

Benommen blickte sie ihn an.

»Weißt du, was es mit diesen Creepern auf sich hat?«

Krampfhaft versuchte sie, die Augen offenzuhalten. Dann hauchte sie kaum vernehmbar »nein«, um im nächsten Moment wieder einzuschlafen.

»Na toll«, dachte Benx laut. So viele Fragen geisterten ihm durch den Kopf. Doch statt Antworten hatte er nichts als Probleme am Hals. Hinzu kam die Sache mit dem Schwert. Irgendwie erschien es ihm nicht richtig, einfach hierzubleiben und das Schwert im Café liegen zu lassen. Womöglich würde es noch weiteren Schaden anrichten. Was wäre, wenn Pilpil Sommerschlaf zurückkehren würde? Gewiss barg es Kräfte, die nicht in die falschen Hände geraten sollten. Und Pilpil Sommerschlafs Hände zählten dazu, da war Benx sich sicher.

-14-

DER VERTRAG

So leise wie möglich verschloss er die Tür, löschte das Licht und stieg aus dem Fenster. Dann rannte er in Windeseile zu Elinas abgebranntem Café zurück und hoffte dabei, nicht in einen Hinterhalt der Creeper zu geraten. Völlig außer Atem kam er schließlich an. Vom Feuer war nicht mehr viel zu sehen, abgesehen von vereinzelten Glutnestern. Dafür wurde er aber bereits von zwei seltsamen Typen erwartet.

»Dachte mir, dass du zurückkommst«, sagte der Größere der beiden und hielt seine Laterne direkt vor Benx' Gesicht.

Erst jetzt erkannte Benx, wer ihm da gegenüberstand. Niemand Geringeres als Rudolf Rubinho und Erwin Emeraldo, zwei zwielichtige Händler, in knöchellange, olivgrüne Mäntel gehüllt.

»Na, habt ihr euch mal aus der Enderschlucht herausgetraut?«, tönte Benx.

Ungerührt kramte Erwin Emeraldo ein ellenlanges Pergament aus seinem Inventar. Zufrieden deutete er mit einem haarigen Finger darauf.

VERTRAG

»Du stehst in unserer Schuld«, riss Rudolf Rubinho das Wort an sich.

»Sagt wer?«, bluffte Benx. Dabei wusste er genau, dass er im Vorjahr den Vertrag leichtfertig unterschrieben hatte – ungeachtet der Ratschläge seiner Freundinnen und ohne ihn wirklich zu lesen. Auf diese Weise hatte er sich zwar seinen Doktortitel verschafft und für den Moment bei seiner Mutter mächtig Eindruck geschunden, aber unwissentlich zwei neue Probleme am Hals: die beiden Händler. Mit der Zeit hatte er den Doktortitel ebenso aus den Augen verloren wie den Vertrag.

»Dieser Vertrag«, entgegnete Erwin Emeraldo trocken und leuchtete kurz über Benx' Unterschrift.

»Nichts da, ich will …«, brachte Benx seinen Satz nicht zu Ende.

»Das Schwert?«, fragte Erwin Emeraldo und zog die blonde Augenbraue hoch. »Du stehst in unserem Dienst und wirst es uns bringen.«

»Welches Schwert?« Benx mimte den Unwissenden.

»Spar dir deine Spielchen. Pilpil Sommerschlaf hat uns alles erzählt«, triumphierte Erwin Emeraldo.

»Ihr kennt euch?«, tat Benx weiterhin unwissend.

Rudolf Rubinho grinste spöttisch. »Zumindest so gut, dass ich sagen kann, er hätte sich den Vertrag wenigstens durchgelesen.«

Benx überlegte. Diesen beiden Halunken wollte er das Schwert keinesfalls überlassen. Blöderweise hatte er nichts in der Hand, um mit ihnen fertig zu werden. Nicht einmal an Licht hatte er gedacht, als er völlig überstürzt zu Hause losgerannt war. Er brauchte eine gute Idee, um sie in die Flucht zu schlagen.

»Bring uns das Schwert«, holte Rudolf Rubinho ihn aus seinen Gedanken zurück.

»Und wie soll ich das anstellen?«, entgegnete Benx und spürte plötzlich die Gegenwart des Schwerts.

Wortlos überreichte Erwin Emeraldo ihm seine Laterne und schob Benx gegen dessen Willen in das abgebrannte Café. Er stolperte über die Reste der Türschwelle und blickte sich um.

Es stank fürchterlich nach Qualm. Auch war die Luft noch immer so stickig, dass Benx kaum atmen und gucken konnte. Gerade noch rechtzeitig erkannte er ein Loch, das die Flammen in den Boden gefressen hatten.

Hier und da entdeckte er den letzten Rest vertrauter Dinge. Vom rosa Sofa war nichts geblieben als ein paar Metallbügel, direkt neben einem Vorleger und den rostigen Eimern. Offenbar wurden sie durch eine Explosion in den Nachbarraum geschleudert. Er grübelte, ob ein Creeper dafür verantwortlich gewesen war, entdeckte dann aber die zerfetzte Hülle einer Gasflasche.

Mit jedem Schritt wirbelte Benx Asche auf. Kurz entschlossen bog Benx die Bügel in Form und befestigte sie an den Eimern.

»Wie sieht's aus? Hast du das Schwert gefunden?«, rief Erwin Emeraldo.

»Bin noch beim Suchen«, log Benx und baute weiter an seiner Falle. Er zog die aneinandergebundenen Eimer vor und den Vorleger über das Loch.

Nach dem Schwert hingegen musste er nicht einmal suchen. Er spürte genau, dass es unter einem der verkohlten Holzbalken lag. Entschlossen räumte er den schweren Balken beiseite und legte somit auch den Rinderknochen frei. Das Schwert erneut zu benutzen, kam nicht infrage. Zu viel Schaden hatte es bereits angerichtet.

»Ich hab das Schwert, es steckt fest!«, log er nervös. Rasch verkeilte er den Rinderknochen zwischen den Dielen, unmittelbar hinter der Falle, und versteckte den schimmernden Schwertgriff in seiner hinteren Hosentasche. »Könnt ihr mir nicht bitte helfen?«

»Muss man denn hier alles selber machen?«, wütete Erwin Emeraldo und betrat nun ebenfalls zusammen mit Rudolf Rubinho das Café. Gerade als sie das vermeintliche Schwert entdeckt hatten, schepperte es auch schon. Rudolf Rubinho stürzte über die für ihn unsichtbaren Metallbügel und riss Erwin Emeraldo mit. Kopfüber stürzten beide in das Loch und blieben stecken.

Benx sah ihre zappelnden Beine, suchte schnell das Weite und hörte noch, wie sie ihm Rache schworen.

-15-

EINDRINGLINGE

Mit der einziehenden Morgendämmerung kam Benx zu Hause an. Erleichtert schnaufte er durch. Er hatte die beiden Händler abgeschüttelt, und doch wunderte er sich, wie es ihnen gelungen war, ihn aufzuspüren. Woher hatte Pilpil Sommerschlaf gewusst, dass er bei Elina gewesen war? Gedankenverloren stieg er durch sein geöffnetes Fenster. Grunzel lag, alle viere von sich gestreckt, auf Benx' Sessel und schnarchte. Seine Klauen zuckten im Schlaf.

»Elina?«, flüsterte Benx, konnte sie aber nirgendwo sehen. Anstelle von Elina antwortete ihm der bellende Rufus. »Ist ja gut!«, tätschelte er ihm den Kopf. Dann legte er sich ins Bett, ohne sich seiner Sachen zu entledigen oder die Zähne zu putzen. Der Schwertgriff bohrte sich unangenehm in sein Steißbein, und seine Knochen brannten. Er hatte die Augen gerade geschlossen, als seine Mutter hereinspazierte.

»Wo warst du denn?«, fragte sie verärgert. Benx antwortete nicht und glitt langsam ins Traumland – zumindest wünschte er sich nichts sehnlicher als eine Runde Schlaf.

Wild gestikulierend tippte seine Mutter auf ihre Uhr. Im Halbschlaf hörte er sie schnattern, um im nächsten Moment wieder hochzuschrecken.

»Nun, Herr Rumor wird wenig Verständnis haben, wenn du bereits an deinem zweiten Arbeitstag zu spät zur Arbeit kommst.«

Bei aller Aufregung um das Schwert, die Creeper und das niedergebrannte Café hatte er die Sache mit Tiefschürf ganz aus den Augen verloren. Vor lauter Müdigkeit liefen Benx die Tränen aus den Augen.

»Du musst doch nicht gleich weinen«, beruhigte seine Mutter eher sich als ihn.

Ihr die Sache mit Tiefschürf zu erklären, noch dazu an seinem Geburtstag, kam gar nicht infrage. »Ich mach mich gleich auf den Weg ... wo ist Elina?«

Seine Mutter raufte sich die Haare. »Hab ich dir doch gerade erklärt. Sie ist bei Ebru, weil du mir nichts, dir nichts verschwunden bist.«

»Mist!«, überlegte Benx laut. Bestimmt dachte sie, er würde sie hängen lassen. So wie er Ebru hatte hängen lassen. Und wofür? Nur wegen dieser Creeper, die er nicht einmal zu Gesicht bekommen hatte.

Als er sein Zimmer verließ, wurde er von seinem Vater abgefangen. In der Hand hielt er zwei grüne Torten mit Kakteenstacheln. »Ich hab keine Zeit«, wiegelte Benx sofort ab. Ihm war bewusst, dass die Torten seines Vaters nie nach Torte schmeckten, sondern wie alle seine Kreationen nach Salat.

Enttäuscht blickte sein Vater zu Boden. »Willst du nicht mal ein kleines Stück probieren?«

Benx schüttelte den Kopf und hörte im selben Moment, dass es klopfte. Noch bevor Rufus losbellen konnte, war es bereits geschehen.

Seine Mutter hatte die Tür geöffnet und blickte verwundert in das hagere Gesicht des nach Rauch stinkenden Rudolf Rubinho. »Guten Morgen, Gnädigste«, verpasste er ihr einen Handkuss.

Sie wurde rot. »Nimm dir mal ein Beispiel an diesem galanten Herrn.« Sie drehte sich zu Benx' Vater um, der seinerseits die Finger in beide Torten tauchte und sie genüsslich abschleckte. Benx fiel fast vom Glauben ab. »Ihr Junge hat etwas, das mir gehört«, sagte Rudolf Rubinho schließlich ungefragt. »Sie meinen, er hat etwas gestohlen?«, fragte Benx' Mutter aufgebracht.

Rudolf Rubinho rieb sich die Hände und suchte nach den richtigen Worten.

»Ich habe nichts gestohlen«, kam Benx ihm zuvor. Er warf ihm einen finsteren Blick zu.

»Aber Sie sind doch Pilpil Sommerschlaf, oder nicht?«, fragte Rudolf Rubinho. Heuchlerisch sah er zu Benx herüber.

Irritiert blickten seine Eltern sich an. In diesem Moment dämmerte Benx, was Rudolf Rubinho vorhatte. Ein Ablenkungsmanöver. Benx wusste, sein Fenster stand noch immer sperrangelweit offen. Und wo Rudolf Rubinho war, konnte Erwin Emeraldo nicht weit sein. Möglichst unauffällig bewegte er sich rückwärts auf seine Zimmertür zu und hielt den Atem an.

Während Benx' Mutter versuchte, Rudolf Rubinho zu überzeugen, dass ihr Sohn weder Pilpil Sommerschlaf noch ein Dieb sei, riss Benx seine Zimmertür schlagartig auf.

Keine fünf Meter von ihm entfernt wühlte Erwin Emeraldo in Benx' Inventar. Benx räusperte sich. Ertappt ließ Erwin Emeraldo einen Strumpf und ein paar Stifte fallen. Keine Sekunde später zog Benx am Ringelschwanz seines Riesenschweins. Wenig erfreut schreckte Grunzel hoch und rannte laut quiekend Runden durch das Zimmer.

Neugierig ob des Krachs kam nun auch Benx' Mutter herein. »Was machen Sie denn hier?«, fragte sie den immer noch völlig verdutzten Erwin Emeraldo.

»Es ist nicht das, wonach es aussieht«, erwiderte der und lächelte verlegen.

»Was denn dann?« Aufgebracht packte Benx' Mutter den Händler an den Ohren und schleifte ihn in den Flur zu seinem Gefährten. »Sie wollten uns ablenken«, schimpfte sie und deutete mit dem Zeigefinger auf Rudolf Rubinho, »um uns zu bestehlen«.

Energisch schüttelte der den Kopf.

Sie ließ sich nicht beirren und donnerte den beiden Händlern die Kaktustorten in ihre Gesichter. Selbst Benx' Vater konnte sich ein Lachen nicht verkneifen. Mit schmerzverzerrten Gesichtern zogen sich die Händler gegenseitig die Stacheln aus Stirn, Nase oder Wangen, ohne zu merken, dass Benx sich heimlich mit dem Schwert davonschlich.

-16-

BAZILLA UND HONIGKROPF

Auf halbem Wege zu Ebru und Elina meinte Benx, verfolgt zu werden. Unsicher blickte er sich um, entdeckte aber nichts Verdächtiges. Zu seiner Linken befanden sich zwölf kreisförmig angeordnete Windmühlen. Angeblich hatte man sie errichtet, um der Vertreibung des Enderdrachen in die Enderwelt zu gedenken.

Rechterhand verlief der Weg abschüssig und mündete in Wildblumenwiesen und kleinen Wäldchen. Es knackte. Ihm stellten sich die Nackenhaare auf. Das mussten die Creeper sein. Benx wurde langsamer und hielt schließlich an. Noch bevor er auch nur nach dem Schwert tasten konnte, landete er auf seinem Allerwertesten. Aus dem Nichts hatte ihn der kleine Rufus zu Fall gebracht und leckte nun über Benx' Stirn. »Du verrückter kleiner Kerl«, atmete er erleichtert durch. Er hockte sich hin, um den Kopf seines Hundes zu kraulen. »Ich kann nicht mit dir Gassi gehen ... hab leider keine Leine dabei«, flüsterte er.

»Aber wir«, tönte plötzlich eine unangenehme Stimme. Sie klang wie ein über eine Tafel kratzender Nagel.

»Hinter dir«, reagierte eine andere Stimme auf sein Zögern.

Benx traute seinen Augen nicht. Ihm gegenüber standen zwei Gestalten, eine abscheulicher als die andere. »Wer seid ihr? Und was wollt ihr von mir?« Die größere der beiden Gestalten sprang von einem gesattelten Maulwurf hinunter und öffnete ihre Schädeldecke. Benx fiel auf, dass sowohl die Maulwürfe als auch die beiden Gestalten Ringe mit jeweils identischen Sternbildmustern an den Fingerknochen trugen. Offenbar mussten die Maulwürfe mit den Gestalten verheiratet sein. Keinen Augenblick später bildete sich ein Erdhaufen auf dem haarlosen Kopf. Rasch kroch der Maulwurf hinein, und mit ihm der Maulwurf der anderen Gestalt.

»Ich bin Honigkropf«, sagte sie und zupfte an ihrem faltigen, schwarzen Rock.

»Bazilla«, gab die kleinere Gestalt knapp zu Protokoll. Wie vom Licht ertappte Kellerasseln huschten ihre Augen dabei über ihr Gesicht und versteckten sich hinter den Ohren.

Irritiert blickte Benx zwischen den beiden Gestalten hin und her. Seine anfängliche Furcht war verschwunden. Geradezu seltsam komisch fand er die zwei.

»Wir wissen, was du getan hast«, sagte Bazilla.

»Ich? Getan?«, wunderte sich Benx. Dabei konnte er nicht von der Hand weisen, dass in der letzten Zeit einige Dinge schiefgegangen waren.

»Du besitzt etwas, das uns gehört«, fauchte Honigkropf.

Nervös tastete Benx nach dem Schwertgriff und umklammerte ihn, so fest er konnte.

»Was wolltest du überhaupt bei uns zu Hause?«, fragte Honigkropf mit schneidender Stimme.

»Ohne anzuklopfen«, fügte Bazilla hinzu und verpasste Rufus einen Tritt. Der Hund wich zurück und legte knurrend die Ohren an.

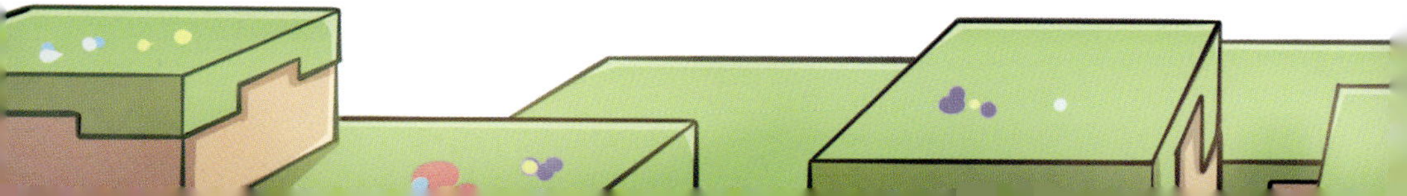

Noch bevor Benx das Schwert zücken konnte, schnappte Bazilla von hinten zu und zog mit aller Kraft an seinen Haaren. »Au, was soll denn das?« Er tastete seinen Hinterkopf ab.

Bazilla nickte zufrieden. Abgesehen von einem ganzen Büschel roter Haare hielt sie eine halbe Muschel in der Hand.

Benx schwante nichts Gutes. Das musste eine der Muscheln sein, die er in der Bataquampa an sein Ohr gehalten hatte. Auch kamen ihm in diesem Augenblick die Worte seiner Mutter wieder in den Sinn. »Ihr seid ...«, stammelte er, »die Hexen der Bataquampa«, und wich dabei ihren Blicken aus.

»Ganz recht«, entgegnete Bazilla und ließ die halbe Muschel unbemerkt in Benx' Schuhe gleiten.

Nun war guter Rat teuer. Ihm gegenüber standen zwei Hexen, und er musste mit allem rechnen. Würden sie ihn in die Bataquampa verschleppen oder gar verzaubern? Heimlich wischte er sich den Schweiß von der Stirn und versuchte, sich seine Unsicherheit nicht anmerken zu lassen. »Was hat es mit diesen Muscheln auf sich?«, fragte er.

»Geht dich gar nichts an, Grünschnabel«, antworteten die beiden wie aus einer Kehle.

»Du warst ein böser Junge.« Honigkropf schnippte mit dem Finger. Ihre Schädeldecke öffnete sich wieder. Gemächlich kletterten die Maulwürfe heraus und kauten genüsslich auf ein paar Schnecken herum. Honigkropf belud den Rücken ihres Maulwurfs mit ihrem Inventar und verpasste ihm einen heftigen Klapps auf den Kopf. Ohne zu zögern, grub er sich in die Erde. Honigkropf und er waren bereits nach wenigen Sekunden nicht mehr zu sehen.

»Was wollt ihr wirklich?«, fragte Benx die verbliebene Hexe.

Bazilla lachte. »Emeraldochen hat ein hübsches Sümmchen auf dein Köpfchen ausgesetzt.« Sie strich ihm eine Strähne aus dem Gesicht.

»Und warum?«, fragte er. Ihn beschlich ein leiser Verdacht.

»Nicht unsere Angelegenheit. Außerdem verraten wir doch keine Geschäftsgeheimnisse«, sagte sie. »Dann können wir ja jetzt ein wenig mit dir spielen gehen«, freute sie sich.

Ehe Benx sich versah, träufelte Bazilla eine milchige Substanz auf sein Haar. Umgehend wurde ihm so schwindelig, dass er torkelnd auf ihren Maulwurf zusteuerte. Unter ihrem Lachen fiel er schließlich in Ohnmacht, direkt auf dem Rücken des Maulwurfs.

Rufus hingegen war wieder zu Kräften gekommen. Er bellte nach Leibeskräften. Aber die Hexe ließ sich davon nicht beirren. Schon einen Moment später tauchte sie auf ihrem Maulwurf mit dem bewusstlosen Benx ins Erdreich ab.

-17-

IN DER SCHULE

Erst am nächsten Morgen kam er wieder zu sich. Verschlafen öffnete Benx die Augen und bemerkte, dass er sich in einer schwach beleuchteten Kammer befand. Von den Hexen war weit und breit nichts zu sehen. Dafür zierten ihre Gesichter zwei der drei goldgerahmten Porträts an den Wänden. Benx lief ein Schauer über den Rücken. Er tastete seine Haare ab, die immer noch klebten. Dann nahm er die Porträts in Augenschein, von denen eines bis zur Unkenntlichkeit verbrannt worden war. Weshalb war er hier? Während er grübelte, öffnete sich auf einmal eine Tür.

»Guten Morgen«, sagte ein aus dem Dunkel tretendes Skelett und warf Benx einen Apfel zu.

»Wo bin ich hier?«, erwiderte Benx und ließ den Apfel über den Boden rollen. Er traute dem Skelett nicht.

Ächzend humpelte es auf ihn zu. Es trug eine breite, lila Perücke und wirkte nicht sonderlich groß. Ganz anders als die Skelette, denen Benx schon mal begegnet war. Wie also sollte es ihn aufhalten können?

»Ich heiße Graf Zips, und du musst Benx sein«, erklärte das Skelett unvermittelt und überreichte Benx den Apfel. »Woher wissen Sie, wie ich heiße? Und viel wichtiger, wo bin ich hier?«, fragte Benx, die Augen auf den Apfel gerichtet.

»Mein Junge, dein Name stand in deinem Ausweis«, entgegnete Graf Zips.

Nervös tastete Benx in seinen nunmehr leeren Taschen.

»Und hier bist du in der Schule für angewandte Gehirnwäsche«, ergänzte Graf Zips ruhig.

»Gehirnwäsche?«, wiederholte Benx ungläubig. Ihm war schlecht. Gleichzeitig hatte er furchtbaren Hunger und konnte dem saftigen Apfel irgendwann nicht mehr widerstehen. Graf Zips trat näher an ihn heran. »Was wollen diese Hexen?«, fragte Benx schmatzend und deutete auf die Porträts.

Graf Zips räusperte sich. »Das könnte mich den Kopf kosten, und zwar buchstäblich.« Nervös rutschten seine Fußknochen auf dem dunkelblauen Boden hin und her.

Erst jetzt erkannte Benx, worauf sie gerade standen. Unter ihnen schwammen violette und dunkelrote Fische durch ein Aquarium. Verträumt folgte er ihren hypnotischen Bewegungen und musste aufpassen, nicht den Faden zu verlieren.

Plötzlich hielt ihm Graf Zips seinen Schwertgriff hin. »Habe ich in deiner Hosentasche gefunden. Müsste es eigentlich melden. Aber deine Freundin und du habt was gut bei mir.«

Entgeistert blickte Benx in die leeren Augenhöhlen seines Gegenübers. Er hatte alle Mühe, sich nicht am Apfel zu verschlucken. »Wie meinen Sie das?«

Das Skelett ließ seine Fingerknochen knacken. »Ihr habt meine Urururururururenkelin vor den Creepern beschützt.«

Benx schluckte, es trieb ihm die Schamesröte ins Gesicht. Wie nur konnte Graf Zips von »wir« sprechen? Immerhin hatte er Ebru doch beim Babysitten im Stich gelassen.

»Tu den Schwertgriff irgendwohin, wo ihn niemand findet.« Er drückte ihn Benx in die Hand und sah sich dabei nervös um.

»Was hat es mit diesen Creepern auf sich? Wo kommen die her? Und was wollen diese Hexen von mir?«, sprudelte es aus Benx heraus.

»Für dein Alter hast du ganz schön viele Fragen ... ich stamme aus dem zweiten Zeitalter und halte nicht allzu viel davon, auf Fragen zu antworten, zumindest nicht hier. Das ist nicht der richtige Ort dafür«, entgegnete das Skelett, als gerade ein zweites die Kammer betrat.

»Zipschen, du sollst dich doch nicht immer mit den Sterblichen anfreunden«. Anders als Graf Zips trug es keine Perücke, hatte dafür aber Segelohren und ellenlange Nasenhaare.

»Ist gut, Rumbi«, sagte Graf Zips, nahm Benx den Apfelgriebs ab und bat Benx dann, ihm und Rumbi zu folgen.

Zielsicher liefen die beiden Skelette durch einen abgedunkelten Flur, gefolgt von Benx, der den Blick schweifen ließ. Wo er auch hinsah, alles war voll mit von oben bis unten vollgekritzelten Türen. Manche davon standen auf dem Kopf, andere waren seitlich in die Wände eingefasst worden. Hier und da trafen sie auf Tausendfüßer, Silberfischchen und fallschirmspringende Spinnen. Zu Benx' Erstaunen liefen Rumbi und Graf Zips jedoch nicht durch eine der Türen. Vielmehr gingen sie schnurstracks die Wände hoch, ohne abzurutschen. Als sie an der Zimmerdecke angekommen waren, zischte Graf Zips ungeduldig. »Worauf wartest du?«

Benx überlegte. Er musste tot sein. Denn wie sonst sollte er um alles in der Welt in der Lage sein, die Wände ungesichert hochzulaufen? Auch Rumbi knurrte inzwischen genervt von Benx' Zögern und ver-

schwand über die Zimmerdecke. Vorsichtig setzte Benx Fuß vor Fuß und schaffte es tatsächlich, die Wand zu erklimmen. Als er oben angekommen war, konnte er sein Glück kaum fassen. Seine Füße klebten regelrecht an der Zimmerdecke. Dafür rieselte nun Kieselstein um Kieselstein aus seinen Schuhen in sein Gesicht. Sein Pullover rutschte nach und nach Richtung Hals. Auch war ihm inzwischen so schwindlig, dass er nicht merkte, dass ihm der Schwertgriff langsam aus der Hosentasche glitt. Erst als es fast passiert war, erkannte er das Dilemma und packte beherzt nach dem Schwertgriff. Erleichtert klemmte er ihn sich zwischen die Beine. Doch seine Freude sollte nicht von langer Dauer sein. Ohne Vorwarnung zerrte Rumbi ihn durch einen sich auftuenden Spalt.

-18-

SCHULALLTAG

Mit einem Male hing Benx nicht mehr kopfüber in einem abgedunkelten Flur an der Zimmerdecke, sondern stand in der Mitte eines riesigen Raums. Um ihn herum liefen etliche Skelette geschäftig zwischen Tischen und Stühlen hin und her, plauderten und scherzten. Sie würdigten ihn keines Blickes. Noch immer hielt er den Schwertgriff krampfhaft zwischen den Beinen. Benx nutzte die Gelegenheit und verstaute den Schwertgriff wieder in seiner Hosentasche.

Auf einmal entdeckte er Bazilla. Sie stand nur wenige Meter von ihm entfernt und war ganz in ihre Arbeit vertieft. Entschlossen ging Benx auf sie zu. Sie schüttelte gerade eine Phiole mit einer grauen Substanz. »Was ist da drin?«, fragte er forsch, ohne dass sie aufsah, und deutete auf das Gefäß.

»Jede Menge Eselspucke, Tigerkrallen, zerstampfte Grünspechtfedern, Steinmehl und ein Tröpfchen aus dem Acherias«, antwortete sie.

»Meine eigene Kreation«, schwärmte sie, »ich nenne ihn den Acherias-Trank.«

»Und was kann der?«, ließ Benx nicht locker.

»Dich in ein Skelett verwandeln«, fauchte sie.

Benx machte unwillkürlich einen Schritt zurück.

Im nächsten Moment ertönte die laute Stimme eines weiteren Skeletts. Es stand vor der Tafel neben Honigkropf. Schlagartig verstummte das Gemurmel. »Ich bin Rektor Spikkoli. Willkommen in der Schule für angewandte Gehirnwäsche.« Er verbeugte sich nach allen Seiten und verteilte japsend Handküsse. Dann stützte er sich bei Honigkropf auf. »Hab schwere Knochen«, schnaufte er laut und versank in einem Sitzsack.

»Was Rektor Spikkoli eigentlich sagen wollte«, übernahm Honigkropf. Dabei tupfte sie ihm die knöcherne Stirn mit einem Staublappen ab. »Das hier ist keine Spaßveranstaltung. Ihr seid hier, damit ihr euren Pflichten nachkommt, vor denen ihr euch zu lange schon gedrückt habt.«

Rektor Spikkoli nickte.

Benx war empört. »Aber ich wurde entführt.«

»Das klingt so unschön«, antwortete Honigkropf gedehnt. »Du wurdest lediglich ermutigt, deiner Verpflichtung nachzukommen.«

Benx stürmte in Richtung Tafel, auf der allerlei durchgestrichene Formeln standen. Bevor er etwas sagen konnte, schüttelte Honigkropf ein Dokument aus dem Ärmel. Ein Dokument, das ihm sehr bekannt vorkam. Ohne viel Tamtam entfaltete sie den Vertrag. Dabei hackte sie mit ihrem gelb geschwollenen Zeigefinger auf Benx' Unterschrift. »Du stehst im Dienst von Erwin Emeraldo und Rudolf Rubinho.«

Ihm wurde ganz schwarz vor Augen. Er hielt kurz inne. »Und was heißt das?«, hauchte Benx.

Honigkropf rollte den Vertrag wieder ein. »Ganz klar, du musst Diamanten eintreiben!«

»Und wenn ich darauf keine Lust habe?«, probierte es Benx.

»Deshalb bist du ja hier«, keuchte Rektor Spikkoli, der sich wieder aufrappelte. »Hier wird jeder auf Kurs gebracht …«

Wenig später läutete Rumbi seine Pendelstunde ein. Zugleich entfernten sich die Hexen, Rektor Spikkoli und auch Graf Zips. Benx blickte sich um. Abgesehen von Rumbi saßen gut ein Dutzend Zombies brav auf ihren Plätzen und beteten stumpf das nach, was ihnen eingetrichtert wurde.

»Setzen«, drückte Rumbi ihn auf einen Stuhl.

Neben ihm saß eine Gestalt mit heller Haut und blonden Haaren, deren Zöpfe sich um ihre Arme wanden. »Hey, ich heiße Benx«, startete er einen Kontaktversuch und blickte in ausdruckslose Augen.

»Schnapp dir ein Pendel«, schimpfte Rumbi, »im Unterricht wird nicht geschwatzt.«

Benx begutachtete es. Immerhin war es nicht das erste Pendel, das er zu Gesicht bekommen hatte. Doch anders als die seiner Mutter bestand dieses aus von Holzwürmern zerfressenem Holz. Lustlos baumelte er es vor seinen Augen hin und her und wiederholte immer wieder die Worte Rumbis. »Wer zu viel denkt, der handelt nicht, wer handelt, muss nicht selber denken.« Eine Stunde ging ins Land, eine zweite, eine dritte. Inbrünstig wiederholte das Skelett das Gesagte. Die Pendel schwangen im Takt. Abgesehen von Hunger und Langeweile konnte Benx jedoch keine Veränderung feststellen. Schließlich räusperte er sich. »Ich glaub, mein Pendel ist kaputt.«

Entnervt riss Rumbi ihm das Pendel aus der Hand und hielt es prüfend an sein Ohr. Währenddessen pendelten die Zombies artig weiter und wiederholten Rumbis Worte, die nur noch als Echo im Raum standen.

-19-

KÖNIG ÜBEL

Auch der nachfolgende Sportunterricht bei Graf Zips bot wenig Abwechslung. Immerhin murrte Graf Zips wesentlich seltener als Rumbi. Erst als Benx' Sitznachbarin das dritte Mal der Kopf vom Hals rutschte, verlor er kurz die Fassung. »Zombienchen, bitte halte an dich.«

Sie setzte sich ihren abgefallenen Kopf wieder auf den Hals und nickte, wobei sie ihren Kopf fest umklammert hielt.

Am Ende der Stunde teilte Graf Zips einen Test aus. Sogleich schnappte Benx nach den Blättern.

»Du hast dich bewegt«, gackerte Graf Zips, »zur Strafe musst du nachsitzen.«

»Aber geht es im Sportunterricht nicht darum, sich zu bewegen?«, stellte Benx eingeschnappt fest.

»Die jungen Leute aus dem dritten Zeitalter ...«, seufzte Graf Zips. »Das hier, mein lieber Junge, ist Sitzsport. Seit jeher die große Kunst der Könige. Aber nur die Besten haben es zur Vollendung gebracht.« Er

holte ein verstaubtes Gemälde aus einem klapprigen Schrank. Auf dem Bild war ein Mann mit einer aus Muscheln bestehenden Krone zu sehen. Kaum hielt Graf Zips es hoch, riefen die Zombies wie aus einer Kehle: »König Übel, Beherrscher der Bataquampa im ersten Zeitalter. Der größte Sitzsportler aller Zeiten.«

Benx lief es kalt den Rücken hinunter. So enden wie diese Zombies wollte er auf keinen Fall: alles einfach nur nachzuplappern, ohne Sinn und Verstand. Zu seiner Erleichterung schien ihm die Gehirnwäsche jedoch nichts anhaben zu können. Zumindest bisher. Er überlegte. Vielleicht war es ja auch nur eine Frage der Zeit, bis sie ihn brechen würden. Vielleicht würden Rektor Spikkoli und die anderen Skelette noch schwerere Geschütze auffahren. Vielleicht hatte er sich aber bereits verändert, ohne es zu merken. Sein Zeitgefühl jedenfalls hatte er bereits verloren. Er wusste nicht, ob es tags oder nachts war. Nur eins stand fest: Er war hundemüde.

Eine gefühlte Ewigkeit später verließen die Zombies endlich den Raum. Sogleich setzte Graf Zips sich neben Benx. »Die Hexen haben uns drei Vollmondphasen gegeben, nicht mehr«, flüsterte er.

»Wofür?« Benx rieb sich die Augen.

»Dich abzurichten.«

»Und wie lange bin ich schon hier?« Bei dem Wort ›abrichten‹ hatte sich alles in Benx zusammengezogen.

Graf Zips griff unter seine Perücke und hielt plötzlich eine stehengebliebene Taschenuhr in der Hand. »Das tut nichts zur Sache ... was sie nicht wissen ...«, sagte er geheimnisvoll und sah sich dabei um. »Wir können dir nichts anhaben.« Überrascht blickte Benx das Skelett mit der Perücke an. Graf Zips spürte, dass Benx nach dem Schwertgriff suchte. »Mit dem Schwert hat das nichts zu tun.«

»Und womit dann?«, wunderte sich Benx.

»Zombies haben keinen eigenen Willen. Rabaukianer schon. Solange wir die Hexen in ihrem Glauben lassen, ist alles in Ordnung. Also vermassle es nicht.«

»Also soll ich tun, als stünde ich unter eurer und ihrer Kontrolle?«

Graf Zips nickte und schreckte im nächsten Augenblick fürchterlich zusammen. Aus dem Nichts war Rumbi aufgetaucht. Hatte er die beiden belauscht? In aller Seelenruhe flocht er einen Zopf aus seinen Nasenhaaren. »Platzt hier rein, um sich die Haare hübsch zu machen ...« Graf Zips stöhnte ertappt und fischte eine Made aus Rumbis Augenhöhle.

Ungerührt widmete sich dieser weiterhin der Pflege seiner Nasenhaare, bis er sich Benx nach einer Weile zuwandte. »Du hast Besuch!«

- 20 -

HILFE VON FREUNDEN

»Ey, yo, alles klar, Alter?«, erklang die vertraute Stimme Elinas.

»Was für eine Überraschung!«, freute sich Benx, zumal sie Ebru im Schlepptau hatte. Während Elina wie ein Honigkuchenpferd bis über beide Ohren grinste, zog Ebru ein Gesicht wie drei Tage Regenwetter. Offenbar war sie noch immer sauer auf Benx.

»Womit können wir den jungen Damen behilflich sein?«, fragte Graf Zips.

Verlegen kratzte Elina sich am Hinterkopf. »Nun ja, Benx hat mir versprochen, mein Café wieder aufzubauen.«

Graf Zips lachte. »Er hat so einiges versprochen.«

Ebru nickte enttäuscht. Benx wusste, dass das Skelett recht hatte.

»Benx steht im Dienste der Händler Erwin Emeraldo und Rudolf Rubinho«, sagte Graf Zips. Dabei schmachtete er Elina an, die irritiert ins Leere blickte.

»Blödmann!«, fauchte Rumbi plötzlich, »das geht die jungen Damen einen feuchten Dreck an.«

Verlegen entschuldigte sich Graf Zips, ohne den Blick von Elina abzuwenden. Zu Benx' Erstaunen ergriff auf einmal Ebru das Wort.

»Wir sind hier, um zu helfen«, sagte sie mit dünner Stimme.

Skeptisch musterte Rumbi die beiden von oben bis unten und schlich um sie herum. »Warum solltet ihr uns helfen wollen?«

Ebru räusperte sich. »Benx hat so viel Mist gebaut. Es ist an der Zeit, dass er dafür geradesteht«, sagte sie entschlossen.

Das hatte gesessen. Seine eigene Freundin versuchte, sich mit dem Feind zu verbünden. Misstrauisch blickte Rumbi zwischen den Freundinnen hin und her.

»Ist doch prima, noch zwei mehr von denen, die Hexen wird es gewiss freuen«, pflichtete Graf Zips bei.

»Also gut«, erwiderte Rumbi nach reiflicher Überlegung.

Benx schnaufte. Offenbar hatte Rumbi den Köder geschluckt.

Wenig später führte Rumbi die drei Freunde in die dunkle Kammer, in der Benx aufgewacht war. Anders als Graf Zips hatte er keinen Sinn für Humor. Auch war er weder sonderlich gesprächig noch mitfühlend. Kaum hatten die drei die Kammer betreten, donnerte das Skelett die Tür auch schon hinter ihnen zu. Als Rumbis Schritte verhallten, fiel Elina Benx um den Hals und riss ihn dadurch beinah zu Boden.

»Wie seid ihr hierhergekommen?« Benx wand sich aus ihrer Umarmung.

»Rufus«, antwortete Ebru knapp. Dabei verschränkte sie die Arme so, als hätte sie überhaupt nicht antworten wollen.

Benx lachte. »Rufus«, wiederholte er laut, um im nächsten Moment zusammenzuschrecken. »Und was ist mit den Babys passiert?«

»Sind in guten Händen«, entgegnete Ebru und vermied es weiterhin, Benx in die Augen zu schauen.

»Wie kommen wir hier raus?«, versuchte er, das Thema zu wechseln.

»Sieht schlecht aus«, sagte Elina, »ich denke, wir müssen ihr Spiel mitspielen.«

»Und wie seid ihr hier überhaupt reingekommen?«, wunderte sich Benx.

»Kinderspiel! Wir sind einfach diesen zwei alten Schachteln gefolgt«, meinte Elina.

»Du meinst den Hexen?«, fragte Benx.

»Das waren Hexen? Voll cool! Ich dachte, ich hätte mal wieder zu viel Kaffee getrunken …« Elina staunte mit offenem Mund.

Benx nickte.

»Und wie habt ihr das angestellt?«

Ebru holte einen braunen Kaugummi aus ihrem Inventar.

»Hab zwar Hunger, aber nicht auf Kaugummi. Trotzdem danke …«, erwiderte Benx.

Ungerührt steckte sie sich den Kaugummi in den Mund und kaute angestrengt darauf herum. »Verdammt harte Teile«, nuschelte sie in Richtung Elina.

»Wonach schmecken die?«, fragte Benx.

»Das tut nichts zur Sache«, entgegnete Elina, »wichtiger ist, was die Dinger können.«

Bevor Benx darauf etwas entgegnen konnte, machte Ebru eine Kaugummiblase in stattlicher Größe. Irgendwann war sie so groß wie Ebru selbst. Während Ebru alle Mühe hatte, die Spannung der Kaugummiblase aufrechtzuerhalten, traute Benx seinen Augen kaum. In der Kaugummiblase sah er, wie die Hexen auf ihren Maulwürfen ritten.

»Krasse Sache!«, staunte Benx. Doch gerade als unweit der Hexen etwas explodierte, platzte die Kaugummiblase schlagartig über Ebrus Kopf. »Creeper«, hauchte Benx fassungslos.

»Mach dich nicht lächerlich!«, brummte Ebru und versuchte, den Kaugummi aus ihren Haaren zu bekommen.

»Und wie seid ihr überhaupt an die Kaugummis rangekommen?«, fragte er.

Elina lachte. »Hab ich in meinem abgebrannten Café entdeckt.«

Plötzlich dämmerte es Benx. »Das ergibt Sinn – bestimmt haben Erwin Emeraldo und Rudolf Rubinho die Kaugummis in deinem abgebrannten Café verloren«, sagte er.

Stutzig blickte Elina ihn an. »Und woher weißt du, dass sie überhaupt dort waren?«

»Nun ja, sie sind mir, also gewissermaßen, also ... im Café über den Weg gelaufen, als ich das Schwert ...«

Ebrus Miene verfinsterte sich. »Alles nur wegen dieses blöden Schwerts«, polterte sie los und winkte ab.

»Es tut mir wirklich leid, Ebru«, sagte Benx und hielt auf einmal den Schwertgriff in der Hand.

»Pack dieses dumme Schwert weg!«, rief sie schrill. Eine Träne floss über ihre Wange. Schluchzend fiel sie Elina in die Arme.

Benx ließ sich nicht beirren. »Es muss einen Grund geben, weshalb diese Creeper ganz Rabaukien in Angst und Schrecken versetzen. Und ich muss das herausfinden. Also, seid ihr dabei?«

Elina verdrehte die Augen. »Nun gut, ich helfe dir«, sagte sie gedehnt. Demonstrativ stellte sie sich neben Benx.

Ebru zögerte.

»Nur weil du es nicht wahrhaben willst, bedeutet das nicht, dass es die Creeper nicht gibt«, sagte Benx.

»Los, gib dir einen Ruck«, lächelte Elina.

»Also gut, unter zwei Bedingungen ...« Ihre Gesichtszüge erhellten sich. Schon fiel Benx ihr in die Arme. »Erstens musst du dieses Schwert loswerden, über kurz oder lang«, sagte sie bestimmt, »und zweitens ... die nächste Windel gehört dir.«

»Abgemacht«, sagte Benx. Kein Schwert in der gesamten Oberwelt war ihm so wichtig wie seine Freundinnen.

»Aber wie kommen wir jetzt hier raus?«, fragte Ebru nach einer Weile. »Die werden uns doch sicher finden. Und was ist mit dem Schwert?«

»Graf Zips hat mir das Schwert gegeben. Ich glaub, der ist schwer in Ordnung«, meinte Benx.

»Bist du irre? Hast du gesehen, wie der mich angegafft hat?«, entgegnete Elina.

»Was wollen die von uns?«, fragte Ebru.

»Schätze, abgesehen von Graf Zips weiß hier keiner, dass ich das Schwert noch habe, und das ist vielleicht auch besser so«, sagte Benx.

»Versteh ich nicht«, erwiderte Ebru. »Die wollen mich in ein seelenloses Etwas verwandeln«, sagte Benx. »Ich soll die Drecksarbeiten erledigen, die Rudolf Rubinho und Erwin Emeraldo mir auftragen.«

- 21 -

DIE ZEUGNISAUSGABE

So gingen die Tage ins Land. Von morgens bis spät abends saßen die Freunde von Zombies umringt in dem karg eingerichteten, aber lichtdurchfluteten Raum. Ohne Unterlass trichterten Graf Zips und die anderen Skelette ihnen seltsame Dinge ein, etwa nächtliche Einbruchstrategien oder Ablenkungsmanöver bei Unterzahl. Ab und an ließ auch Rektor Spikkoli sich blicken. Nicht selten warf er bei diesen Gelegenheiten seine Jahrhunderte alten Socken in die Luft und richtete die Schüler ab, »hol das Söckchen« zu spielen. Kritisch begutachtete er dann vor allem die Augen der drei Freunde und machte sich Notizen in seiner Handinnenfläche. Dabei versuchten die drei, möglichst geistesabwesend dreinzuschauen, um ihn zu täuschen.

»Fein!«, stellte Rektor Spikkoli eines Tages fest, während Zombienchen mal wieder den Kopf verlor. »Mach das sauber«, maulte er sogleich Graf Zips an.

Umgehend ging dieser Zombienchen zur Hand, die vergebens nach ihrem Kopf tastete.

»Sie sind so weit«, tippte Rektor Spikkoli mit seinen spitzen Fingerknochen auf Benx' Wange, sodass er alle Mühe hatte, nicht aufzuschreien. »Und du hattest Sorge, dass Hypnose, Tageslichtentzug und Sitzsport bei Rabaukianern nichts brächten«, lachte er Graf Zips aus.

Benx unterdrückte den Impuls, seinen Freundinnen einen Blick zuzuwerfen. Hiervon hing alles ab. Die Hexen und Skelette mussten ihren Köder einfach schlucken. Benx konnte die Freiheit beinah schon riechen. Vielleicht waren es aber auch nur die Fische, die Rumbi zur Entspannung auf seine Augenhöhlen gelegt hatte. Während Rumbi in einem Liegestuhl döste, dachte Benx an Rufus und an seine Eltern. Anders als seine Freundinnen hatten seine Eltern nicht nach ihm gesucht. Vermissten sie ihn überhaupt? Oder war es vielleicht so, dass sie ihn nicht hatten finden können?

»So«, holte Rektor Spikkoli ihn aus seinem Tagtraum. In aller Seelenruhe durchwühlte der Rektor sein Inventar und zog etliche Zeugnisse heraus. Benx warf einen flüchtigen Blick auf das Papier, ohne sich etwas anmerken zu lassen. »Ausgezeichnete Leistung, Ebru«, sagte Rektor Spikkoli stolz und versuchte, ihr das Zeugnis zu überreichen. Ordnungsgemäß ließ sie das Zeugnis zu Boden fallen. Ebenso erging es Rektor Spikkoli bei Elina. Auch ihr Abschlusszeugnis an der Schule für angewandte Gehirnwäsche landete direkt auf dem Boden. Benx stand neben mehreren Zombies. Nach und nach händigte Rektor Spikkoli die Zeugnisse aus, bis er lediglich ein Zeugnis in seiner Hand hielt. Just in diesem Moment schraubten sich zwei Maulwürfe durch den Boden. Darauf saßen die beiden Hexen Honigkropf und Bazilla.

»Haben wir was verpasst?«, frohlockte Honigkropf und rutschte munter vom Rücken des nach Erde riechenden Maulwurfs.

»Nur meinen leckeren Warzeneintopf«, entgegnete Graf Zips. Heimlich hatte er seinem Eintopf ein paar Fliegenpilze beigemengt. Er wusste, wie sehr die Hexen Warzeneintopf liebten. Die Fliegenpilze freilich machten ihnen schwer zu schaffen, wenn auch nur für kurze Zeit. Trotzdem hoffte er, Benx, Ebru und Elina könnten sich die zu erwartende kurze Unpässlichkeit der Hexen zunutze machen. Zuvorkommend hielt Graf Zips den beiden Hexen einen bräunlich schimmernden Topf hin. Begierig rissen sie ihm diesen aus der Hand und zankten sich um Portion für Portion.

Unterdessen wedelte Rektor Spikkoli mit dem letzten Zeugnis. »Leider hat es einer von euch beiden nicht geschafft«, seufzte er und deutete auf Zombienchen und Benx. Er räusperte sich und machte einen Schritt auf Zombienchen zu, und dann noch einen. Benx stand die Verzweiflung ins Gesicht geschrieben. Zombienchen hatte das Rennen gemacht, und er müsste hier weiterhin sein Dasein fristen. Bevor Rektor Spikkoli Zombienchen das Zeugnis in die schlaffe Hand drücken konnte, stellte Elina ihm jedoch ein Bein. Ungebremst landete er auf Zombienchen. Ihr Kopf rollte über den Boden.

Wütend versuchte er, sich aufzurichten. Einzig Graf Zips war es nicht entgangen, weswegen Rektor Spikkoli gestürzt war. Und da er Rektor Spikkoli nicht leiden konnte, schwärmte er sogleich noch ein wenig mehr für Elina. Wo sie jetzt so vor ihm stand, vergaß er sogar die inzwischen vollgefressenen Hexen, deren Maulwürfe ein Wettrennen veranstalteten.

Angesichts des Chaos fiel es Benx nicht leicht, einfach so zu tun, als wäre er ein willenloser Knecht. Bazilla riss dem immer noch auf dem Boden liegenden Rektor Spikkoli das letzte übrig gebliebene Zeugnis aus der Hand, worauf Benx den Namen »Zombienchen« erspähte.

Nachdem sie es gemustert hatte, steckte sie mit Honigkropf die Köpfe zusammen. »Erwin Emeraldo und Rudolf Rubinho wollen nicht länger warten«, hörte Benx die mahnenden Worte von Honigkropf.

»Na gut, auf deine Verantwortung«, zischte Bazilla mürrisch, deren Gesicht sich langsam grün verfärbte. Sie hatte zu viel vom mit Fliegenpilzen versehenen Warzeneintopf heruntergeschlungen. Nun musste sie aufpassen, sich nicht zu übergeben. Auch ihrer Schwester war speiübel zumute. Graf Zips nutzte die Gelegenheit. Unversehens zog er ein weiteres Zeugnis aus seinem eigenen Inventar und tauschte die Zeugnisse unbemerkt aus.

Bazilla verschlug es die Sprache, als sie einen erneuten Blick darauf warf. »Hab mich wohl verguckt«, rieb sie sich die Augen. Sie zeigte Honigkropf das Zeugnis, auf dem plötzlich Benx' Name stand.

»Du solltest dringend etwas gegen deine Augen tun«, lachte Honigkropf hämisch und deutete flüchtig auf ihre abermals davonhuschenden Augen. »Sie vernebeln dir noch deine Sinne.« Gleich darauf pfiff Honigkropf die Maulwürfe heran und befahl Elina, Ebru und Benx, sich zu ihnen auf die Maulwürfe zu setzen, die sich schon einen Augenblick später durch die Wände gruben.

-22-

DER BEUTEZUG

Wie lange sich die Maulwürfe durch das Erdreich gruben, wusste Benx nicht zu sagen. Irgendwann beschlich ihn das Gefühl, dieses ständige Auf und Ab würde niemals ein Ende finden. Mit der Zeit legten die Maulwürfe sogar noch an Tempo zu. Ganz nach dem Geschmack der Hexen.

Doch dann plötzlich war es so weit: Tageslicht, das ihm so gefehlt hatte. Auch wenn Benx es nicht so recht glauben mochte. Mit jedem weiteren Atemzug nahm es Gestalt an. Hoffnung überkam ihn. In der Ferne meinte er, Schornsteine zu erkennen, kurz darauf die vertrauten Konturen der kleinen Wälder und Parks. Als er das in den Kronen des Mammutbaums gelegene Waisenhaus und danach Elinas heruntergebranntes Café entdeckte, begriff er, dass sie sich wieder in Rabaukien befinden mussten. Unentwegt schleuderten die Maulwürfe derweil Erde in Richtung des staubfarbigen Himmels, sodass sich weitere Erdhügel bildeten. Offenbar hatten sie Gefallen daran gefunden, einfach weiterzugraben und somit das farb- und geruchlose Unkraut zuzuschütten, das über Totholz, eingestürzte Zäune und Bauschutt kletterte. Ein Ort zum Vergessen. Direkt nebenan lag eine Fabrikhalle mit zerklirrten Fensterscheiben und lückenhaftem Mauerwerk. Fast das gesamte Gebäude war mit unleserlichen Schriftzeichen versehen. Lediglich »Rumor« war noch auf dem rostigen Tor zu lesen. Benx konnte die Leere förmlich spüren, die hier alles Leben einzusaugen schien.

Er warf einen flüchtigen Blick zu seinen Freundinnen hinüber. Ebru war kreidebleich. Elina erging es nicht besser. Schweißtropfen standen ihr auf der Stirn. Aber zum Durchschnaufen blieb keine Zeit. Rasch und wieder völlig erholt sprangen die Hexen von ihren Maulwürfen herunter und zerrten die drei Freunde hinter sich her. Während Elina mit ihren wackligen Beinen zu kämpfen hatte, versuchte Benx, sich auf das Wesentliche zu besinnen. Sie mussten diese Hexen loswerden. Aber wie?

Gelangweilt sattelte Bazilla die Maulwürfe ab.

Honigkropf zischte schlecht gelaunt. »Wir brauchen Items.«

Bazilla nickte und half Honigkropf beim Verstauen der Maulwürfe in ihrem Schädel.

»Und was schlägst du vor?«, fragte Honigkropf gedehnt und setzte sich ihre Schädeldecke wieder auf.

»Hälfte-Hälfte«, knurrte Bazilla.

»Hä?«, entgegnete Honigkropf und zerrte ein paar leere Fläschchen aus ihrem Inventar.

»Meine Vorräte sind auch fast alle«, ergänzte Bazilla. Ohne Vorwarnung donnerte sie ein paar der leeren Fläschchen auf den Boden. Ein paar davon zersprangen auf den Steinen.

Honigkropf schüttelte den Kopf. »Ich verstehe dich ja. Aber die Geheimzutaten für unsere Zaubertränke kriegen wir nun mal nur von Emeraldo und Rubinho – und die geben sich nur mit Diamanten zufrieden. Also müssen wir wohl oder übel in den sauren Apfel beißen.«

»Pfui!« Bazilla spuckte auf den Boden.

Honigkropf aber gab sich ungerührt, zog Benx an den Ohren und wiederholte ihr Anliegen. »Die Hälfte für uns, die andere Hälfte für die Händler. Ich weiß, wo wir was Brauchbares kriegen.«

Genervt verdrehte Bazilla die Augen, bevor sie die drei Gefangenen an eine Leine banden und hinter sich herzogen.

Erst nach einer gefühlten Ewigkeit legten sie eine Pause ein. Irritiert blickten Ebru und Benx einander an. Sie standen nun mitten im Industriegebiet Rabaukiens, unweit von Ebrus Zuhause. Schnurstraks steuerten die Hexen auf Grummla Rosenkohls Haus zu. Dabei zertrampelte Bazilla die aschfahlen Rosensträucher. Seine letzte Begegnung mit Grummla Rosenkohl hatte Benx immer noch nicht vergessen. Für alle Fälle machte er einen Schritt zurück und sollte Recht behalten. Kaum war Bazilla auf die graue Fußmatte getreten, als Grummla Rosenkohl und eine weiße Katze auch schon aus der Tür sprangen, so als hätten sie hinter dem Türspion gelauert. »Meine geliebten Blumen, was bilden Sie sich ein?«, schimpfte sie und jagte zusammen mit ihrer Katze Bazilla hinterher. Wie üblich lösten sich Bazillas Augen bei zu viel Sonne aus ihrem Gesicht. Mit einem gezielten Sprung landete die Katze auf Bazillas Kopf. Sogleich hüpften ihre Augen auf den Asphalt und huschten davon. Während Grummla Rosenkohl mit einer Katzenkloschaufel auf die nunmehr erblindete Bazilla einhämmerte, die kniend nach ihren Augen tastete, eilte Honigkropf zusammen mit Ebru und Elina ins Haus.

Benx rührte sich keinen Zentimeter von der Stelle. Er mimte weiterhin einen seelenlosen Zombie.

Ungerührt kramte Honigkropf in ihrem Inventar und mischte eine rote mit einer blauen Substanz. »Rede, oh, Erde, Erde sollst reden, Leben heißt Nebel, Nebel schafft Leben«, murmelte sie unheilvoll. Sie

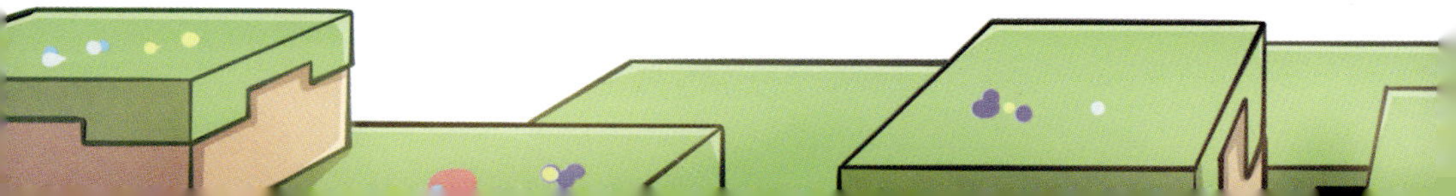

öffnete das Fenster, schob die schweren beigen Vorhänge beiseite und spie die Substanz hinaus. Im nächsten Moment erschienen dicke Rauchschwaden. Direkt über Grummla Rosenkohls Kopf bildete sich eine schwarze Wolke. Ehe sie Notiz davon nahm, zuckte ein violetter Blitz auf und streckte sie zu Boden. Da lag sie nun mit weit aufgerissenen Augen, die Katzenkloschaufel auf der Nase, die Zunge ausgerollt wie ein roter Teppich. Auch standen ihr die Haare zu Berge.

Kritisch musterte Honigkropf Elina und Ebru. Ihre Hände waren voller Diamanten und Rubinen, auch wenn es die beiden allerlei Überwindung gekostet hatte, Ebrus Nachbarin zu bestehlen. Anmerken lassen wollten sie sich nichts. »

Kein Orphuskraut, kein Phytanöl, keine Rosawarapilze ... Honigkropf war zufrieden und angesäuert zugleich. Zwar hatte sie mit ihrem Zauberspruch Grummla Rosenkohl ausgeschaltet, was für sie eine Genugtuung war. Dafür waren die Zaubertränke in ihrem Inventar nun aber endgültig zur Neige gegangen.

Ohne Vorwarnung verpasste Honigkropf Benx einen Tritt und fauchte. »Los, mach dich mal nützlich! Weck sie wieder auf!« Sie deutete auf Ebrus inzwischen sehr blass gewordene Nachbarin. Benx hatte ihre Schläge zwar noch gut in Erinnerung, aber das hatte sie nicht verdient. Ihm kam es so vor, als würde sie sich langsam grau verfärben. »Ist sie tot?«, fragte er besorgt und zog damit die Aufmerksamkeit von Honigkropf auf sich.

»Natürlich nicht«, zischte sie. »Aber diese vermaledeiten Skelette können so froh sein, dass sie außer Reichweite sind. Uns so zu hintergehen ...« Honigkropf schäumte vor Wut.

Benx schnürte sich die Kehle zu. Die Hexen wussten nun, dass er kein seelenloser Zombie war. Seine unbedachte Äußerung hatte ihn verraten.

-23-

ALTE BEKANNTE

Mittlerweile regnete es. Von der zuvor zaghaft durchschimmernden Sonne war nichts mehr zu sehen. Dafür hatte Bazilla ihre Augen wiedergefunden und sie Grummla Rosenkohls kratzender und nicht minder fauchender Katze entrissen. Miauend setzte sich die Katze neben ihr immer noch bewusstloses Frauchen.

»Sei's drum, lasst sie hier liegen«, forderte Bazilla und deutete auf Grummla Rosenkohl. Bald darauf schwangen sich die Hexen auf die Rücken von Elina und Benx. Ebru wurde das gesamte Gepäck aufgebürdet.

»Wir sind keine Maulwürfe«, ächzte Elina. Sie konnte kaum ihr Gleichgewicht halten.

»Dein Pech, aber unsere Ehemänner sind hier oben nicht zu gebrauchen, laufen ständig irgendwo gegen«, erwiderte Honigkropf.

»Und wohin wollt ihr?«, fragte Benx angestrengt, der es mit Bazilla am schlimmsten erwischt hatte. Wie Messerspitzen bohrten sich ihre langen Fingernägel in seine Arme.

»Zu Muttilein«, lachten die Hexen wie aus einer Kehle.

»Muttilein?«, überlegte Benx. Hatten diese schrecklichen Hexen etwa auch noch eine Mutter?

Auch wenn Bazilla mit jedem Meter schwerer und schwerer wurde, hatte sich die Lage der Freunde dennoch etwas entspannt. Immerhin mussten sie jetzt nicht mehr so tun, als wären sie seelenlose Zombies. Benx war nicht entgangen, dass die Zaubertränke der Hexen fast zur Neige gegangen waren, und so erweckten sie für den Moment einen ungefährlicheren Eindruck. Dennoch traute Benx dem Braten nicht. Erst an der Kläffersenke, einem schlammigen Fluss, der im Sommer regelmäßig austrocknete, legten sie schließlich eine Pause ein. Während die Hexen ihre leeren Fläschchen mit Flusswasser ausspülten, musterte Ebru Elinas Wunden. Die dicken Seile, mit denen sie gefesselt wurde, hatten unangenehm in ihre Haut geschnitten.

Nachdem sie auch die wacklige Buckelbrücke überquert, im nunmehr patschenden Regen am verwitterten Rathaus vorbeigestiefelt und durch eine von Fledermäusen heimgesuchte Höhle gehuscht waren, hatte ihre Odyssee fürs Erste ein Ende gefunden. Bazilla sprang von Benx herunter. Trotzdem fühlte es sich für ihn plötzlich so an, als lastete etwas viel Schwereres auf seinem Rücken. Mit geöffnetem Mund stand er vor seinem eigenen Elternhaus. »Das ist nicht euer Ernst«, hauchte er.

Die Regentropfen perlten ihm von den Wangen. Belustigt klopften die beiden Hexen an das Holz. »Was wollt ihr von meinen Eltern?«, fragte Benx zornig. Gerade als er das Schwert herausziehen und die Hexen das Fürchten lehren wollte, öffnete sich die Tür. Sein Vater steckte den Kopf durch einen Spalt. An seinen Lippen klebte eine seiner Gänseblümchennudeln.

»Benx!«, strahlte er erleichtert und donnerte die Tür auf.

Getroffen fiel Honigkropf zu Boden, eine Platzwunde bildete sich an ihrer Stirn. Im selben Augenblick kam auch seine Mutter um die Ecke. In ihrem Arm hielt sie ein schlafendes Baby.

»Darf man gratulieren?«, fragte Bazilla. Sie gackerte vergnügt. »Hättest deinen Nichtsnutz von Ehemann halt auch in einen Maulwurf verwandeln müssen«. Sie deutete auf das Baby. »Dann wäre dir einiges erspart geblieben.«

Für alle Fälle versteckte Benx' Vater sich hinter seiner Frau. Benx wurde hellhörig. »Ich bin lediglich Ebrus Vertreterin, Bazilla.« Sanft stupste sie die Nase des Babys an.

»Ihr kennt euch?«, erkundigte sich Ebru. Benx' Mutter nickte.

»Raus mit der Sprache, woher?«, platzte es aus Benx heraus, ohne dass er eine Antwort erhielt. Er grübelte und erinnerte sich an das zur Unkenntlichkeit entstellte Bild, das ihm in der Schule für angewandte Gehirnwäsche aufgefallen war. Auf einmal fiel es ihm wie Schuppen von den Augen. »Du«, hauchte er und ließ den Blick nicht mehr von seiner Mutter. »Du bist eine von denen, eine dieser Hexen.«

Offenbar hatte Benx den Nagel auf den Kopf getroffen. Vor lauter Schreck vergaß seine Mutter einen Augenblick lang, was sie in ihren Armen hielt. Zu ihrem Glück bemerkte Ebru, dass ihr das Baby allmählich entglitt. Mit einem Hechtsprung schaffte sie es, das Baby gerade noch rechtzeitig aufzufangen. Sofort plärrte es los und übertönte das Ächzen von Honigkropf, die wieder zu sich gekommen war.

Fassungslos blickte Benx' Mutter ins Leere. Nie zuvor hatte Benx sie derart zerstreut erlebt.

»Mach dir nichts draus, mein Junge«, sagte Bazilla, »wenn wir hier fertig sind, ist die Vergangenheit deiner Mutter gewiss dein kleinstes Problem.« Dann zog sie Benx ins Haus, gefolgt von den anderen. Einzig Benx' Mutter blieb wie angewurzelt im stärker werdenden Regen stehen.

-24-

DIE VERWANDLUNG

In der Küche angekommen, durchwühlte Bazilla einige Blätter und Bücher auf einer Anrichte. Schadenfroh riss sie die Zertifikate von den Wänden. In Benx' Vater brodelte es. »Aber das kannst du doch nicht tun«, murmelte er unhörbar vor sich hin. Sicherheitshalber versteckte er sich aber sogleich hinter seinem Sohn. Benx seinerseits hatte nun endgültig die Nase voll. Er packte das Schwert. Sogleich entflammte die Spitze in allen Farben des Regenbogens.

»Wo hast du dieses Schwert her?«, fragte Bazilla und ließ vor Schreck ein paar Zettel auf den Boden fallen. Bedrohlich langsam näherte sie sich Benx, der keinen Deut zurückwich.

»Was hat es damit auf sich?«, fragte Benx und hielt ihr die Schwertspitze an die Platzwunde an ihrer Stirn.

»Dummer Junge«, lachte sie. Mit der bloßen Hand drückte sie die heiße Schwertspitze herunter. »Das Schwert gehört uns«, zischte sie, »gib es her!«, während Honigkropf mit Diamanten und Tassen beladen ebenfalls die Küche betrat. Honigkropf nutzte das Moment der Ablen-

kung und nahm Benx' Vater in den Schwitzkasten. In aller Seelenruhe holte sie ein Fläschchen mit einer orangenen Flüssigkeit aus ihrem Inventar und hielt es demonstrativ über dessen Kopf. Sofort fiel Benx wieder ein, wie unsanft die Hexen mit Grummla Rosenkohl umgesprungen waren. Ihnen das Regenbogenschwert nicht auszuhändigen, hieße, seinen eigenen Vater zu gefährden. Er saß in der Patsche.

»Was wollt ihr mit den Tassen anfangen?«, versuchte Benx, vom Schwert abzulenken.

»Deine Mutter mag eine Verräterin sein, aber ihr Kaffeesatz ist bestens geeignet für unsere Zaubertränke«, entgegnete Bazilla.

»Aber das tut nichts zur Sache. Gib uns das Schwert«, ließ Honigkropf nicht locker.

»Es kann uns nichts anhaben«, setzte Bazilla noch einen drauf, so als hätte sie Benx' Gedanken gelesen. Benx zögerte. Vielleicht war das ja die Antwort, ihnen einfach das Schwert zu geben. Immerhin hatten seine Probleme begonnen, als er das Schwert gefunden hatte. Dann aber kamen ihm die Creeper wieder in den Sinn. Ohne das Schwert hätte er nichts gegen sie in der Hand.

Eine Weile starrte er zwischen den beiden Hexen und seinen Freundinnen hin und her. Ebru hatte noch immer alle Mühe, das Baby wieder zu beruhigen. Irgendwann ließ er das Schwert plötzlich sinken. »Guter Junge«, munterte Honigkropf ihn gespielt freundlich auf. Doch bevor sie nach dem Schwert greifen konnte, rannte Benx wie von der Tarantel gestochen los und stieß seinen Vater beiseite, der dadurch ungebremst gegen die Wand prallte. Darauf fiel seinem Vater die stehengebliebene Kuckucksuhr auf den Kopf. So entging ihm, dass Benx die Schwertspitze direkt in das Fläschchen mit der orangenen Flüssigkeit rammte. Keine Sekunde später stoben die Hexen panisch auseinander. Aber es war zu spät. Die orangene Flüssigkeit tropfte von ihren Köpfen. Starr vor Schreck blickten Bazilla und Honigkropf einander an. »Nein!«, brüllte Bazilla und sah, wie sich ihre Schwester allmählich in einen Maulwurf verwandelte.

Ihr erging es nicht anders. Schon Sekunden später zog sich ihr Schädel unförmig in die Länge. Die Stirn flachte ab, und ihre sonst so unruhigen Augen wurden starr, bevor sie zusammenschrumpften. Letztlich verbargen sie sich als kleine Punkte, tief eingesunken in ihrem zunehmend dichter werdenden, grauen Fell. Orientierungslos huschten die nunmehr gänzlich entstellten Hexen in der Küche hin und her, bis Elina sie aus lauter Mitleid aus dem Haus ließ.

Wenig später betrat Benx' Mutter die Küche. Sie wrang ihre tropfnassen Haare in der Spüle aus. Benx stellte sich ihr in den Weg und blickte sie finster an. »Hast du mir nicht irgendwas zu sagen?«

Ein flüchtiges Lächeln zeichnete sich auf ihrem Gesicht ab. Offenbar war eine große Last von ihren Schultern gefallen. Vorsichtig nahm sie das Schwert und schnaufte, derweil Benx' Vater sich langsam wieder aufrichtete.

»Du hast es also gefunden. Das legendäre Schwert von König Übel ...«

Benx horchte auf.

»Sie wissen davon?«, fragte Elina empört.

Benx' Mutter nickte. »Ja, ich war eine der Bataquampa-Hexen. Aber das war lange vor eurer Zeit. Und ja, unser Streit hatte mit dem Schwert zu tun. Es ist furchtbar gefährlich. Es kann weitaus mehr, als ihr euch vorstellen könnt«, sagte sie unheilvoll.

»Was denn?«, fragte Ebru.

»Es kann die Wirkung der finstersten Zaubertränke verstärken. Ich habe es nicht ohne Grund in den Dunkelnebel geschleudert, den Bereich der Bataquampa, vor dem sich selbst Honigkropf und die anderen fürchten.« Sie seufzte. »In den falschen Händen kann es die gesamte Oberwelt in Brand setzen oder die schlimmsten Monster heraufbeschwören.«

»Dann müssen Sie das Schwert eben in die Bataquampa zurückbringen!«, forderte Ebru, »das blöde Schwert hat Elinas Café zerstört.«

Benx' Mutter blickte ins Leere. »Ich verstehe, aber es geht nicht. Ich habe Angst, die Bataquampa könnte wieder Besitz von mir ergreifen und mich wieder zu der Hexe machen, die ich nicht mehr sein will ...«, flüsterte sie. »Ich wünsche euch viel Glück, es wird nicht einfach.«

»Aber die zwei alten Schachteln sind wir doch jetzt endlich los«, lächelte Elina.

»Sind eben als Maulwürfe herausgerannt«, ergänzte Ebru. Das Baby war inzwischen auf ihrem Arm eingeschlafen.

Benx' Mutter drehte sich noch mal um, bevor sie die Küche verließ. »So einfach ist das nicht. In zwei, vielleicht drei Stunden hebt sich der Zauber auf ... jetzt wissen sie, dass du das Schwert entdeckt hast.

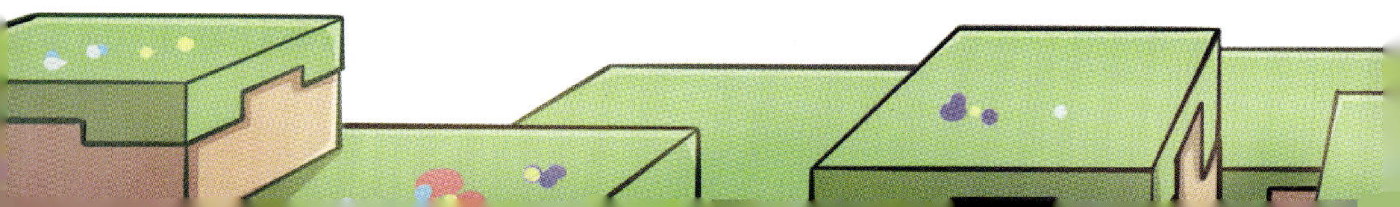

-25-

EINE EXPLOSIVE MISCHUNG

Benx legte die Stirn in Falten. Für den Augenblick mochte er die Hexen vertrieben haben. Aber was, wenn sie zurückkehren würden? Er musste sie an ihrer Wurzel packen, so wie Vaters Unkraut. Dabei hasste er kaum etwas so sehr, wie Unkraut zu pflücken. Während seine Mutter die Küche verließ, fiel sein Blick auf die Inventare der Hexen. Das war es – sie mussten sie einfach trockenlegen!

»Was hast du vor?« Misstrauisch blickte Ebru ihn an.

Aber er antwortete nicht. Mit zittrigen Händen packte er ein Fläschchen nach dem anderen und trennte die leeren von den wenigen vollen. Dabei ließ er die restlos geleerten Tränke klirrend zurück in das metallische Inventar gleiten. Erst dann öffnete Benx die Pfropfen der anderen Fläschchen. Zwar enthielten diese nur wenige Tropfen, dafür erstrahlten sie aber in leuchtendem Grün, Orange oder Violett. Ohne Umschweife schütteten Elina und er den Inhalt der Fläschchen in den Ausguss. Ebru hingegen hatte kein gutes Gefühl bei der Sache, und so verließ sie die Küche, das Baby auf dem Arm.

Kurz darauf kam sie zurück. Ohne Baby, jedoch mit Benx' Mutter, die sogleich losschimpfte. »Seid ihr von allen guten Geistern verlassen? Ihr könnt doch nicht einfach Zaubersäfte blindlings miteinander mischen! Selbst kleine Tropfen können großen Schaden anrichten!«

Erschrocken machte Elina einen Schritt zurück. Vorsichtig stellte sie die Fläschchen zurück in das Hexen-Inventar.

Benx hingegen ließ sich nicht von seinem Vorhaben abbringen. Er hatte es satt, von seiner Mutter bevormundet zu werden. Bevormundet zu werden von einer Frau, die ihm ihre dunkle Vergangenheit so lange verschwiegen hatte.

Schließlich winkte sie ab. »Dann schmoll doch, wirst schon sehen, was du davon hast.« Zornig wandte sie sich ihrem Mann zu, der gerade einen Löwenzahnsalat mit Regenwürmern zubereitete. »Und du? Was gedenkst du hier zu tun?«

Ohne aufzusehen, zeigte er auf die Salatschüssel.

»Bin ich denn hier nur von Idioten umgeben?«, wetterte Benx' Mutter. »Der Junge hätte draufgehen können, aber der feine Herr rührt einfach in seiner Schüssel rum.«

»Mutter, ich bin erwachsen und kann schon gut auf mich selbst aufpassen!« Benx schüttete den letzten türkisfarbigen Tropfen in den Ausguss. Einen Augenblick später blubberte und zischte es. Ebru und Elina sahen einander fragend an. Sogleich bildete sich eine Stichflamme. Instinktiv drehte Benx den Wasserhahn auf, aber dadurch wurde es nur noch schlimmer. Plötzlich rumste es. Statt die türkisfarbene Flamme zu löschen, die sich an Benx' rotem Bart entlanghangelte, hatte der Wasserstrahl obendrein eine Explosion verursacht. Geistesgegenwärtig zückte Benx das Schwert und schnitt sich den brennenden Teil des Barts kurzerhand ab. Wie Flamenco-Tänzerinnen traten Ebru und Elina das Feuer schließlich aus.

»Mein schöner Bart«, seufzte Benx.

Elina kicherte. »Solltest mal dein Gesicht sehen.«

Es war kohlrabenschwarz. Einzig die Augen und ein Teil seiner Stirn hatten nichts abbekommen.

Erst jetzt stürmte seine Mutter auf ihn zu, dafür aber umso besorgter. In ihrer Hand hielt sie ein weißes Tuch mit eingestickten roten Blumen. Sie spuckte in das Tuch und versuchte, Benx das Gesicht abzuwischen. Geschickt wich er dem Tuch aus, wieder und wieder. Als das nicht mehr half, rannte er unter dem Gelächter seiner Freundinnen vor seiner Mutter weg durch die gesamte Küche und einfach weiter bis in sein Zimmer. Dort wurde er bereits erwartet. Nicht von seiner Mutter, sondern vom bellenden Rufus und einem Dutzend schreiender Babys. Irgendwann gab er das Versteckspiel auf. Sein ohnehin verrücktes Elternhaus war zu einem Irrenhaus geworden. Und das musste sich ändern. Auch wenn das hieße, sich einzugestehen, dass er dem Creeper-Problem nicht gewachsen war. Entmutigt schlurfte Benx zurück in die Küche.

-26-

DER FLUCH

Als hätte er dadurch eine Falle ausgelöst, sprang seine Mutter sofort auf ihn zu und wischte mit ihrer glibberigen Spucke den Ruß aus seinem Gesicht. »Hätte ich doch dieses blöde Schwert nicht gefunden«, murmelte er geknickt und drückte seiner Mutter den Schwertgriff in die Hand. »Wenn du es nicht in die Bataquampa zurückbringen kannst, dann zerstör es doch einfach!«

Abermals spuckte sie in das Tuch. »Mach dich nicht lächerlich, mein Junge. Es ist unzerstörbar. Und ich befürchte ...« Sie holte einen Topfkratzer und fuhr damit über seine Wangen. »... du bist jetzt an das Schwert gebunden. Das ist der Fluch.«

Beunruhigt wippte Ebru mit ihren Füßen hin und her und horchte auf. »Fluch?«

Benx' Mutter nickte und verstärkte den Druck, sodass Benx schmerzverzerrt zurückwich. »So, fertig«, lächelte sie. Dann blickte sie auf das nunmehr rußfreie, dafür aber völlig zerkratzte Gesicht ihres Sohns, bevor sie ein dünnes Büchlein aus einem schiefen Regal zog. Zielgenau schnappte das Buch mit den vergilbten und eingerissenen Seiten an der richtigen Stelle auf. Ihre Finger glitten über den Text.

»König Übel aber ließ ein Schwert in den schillerndsten Farben des Regenbogens erschaffen. Doch als er selbst, von zu vielen Herbsten und Wintern gezeichnet, das Zeitliche segnete, entfaltete der Fluch seine Wirkung. Niemanden hatte er sein Wissen anvertraut, wie das Schwert zu gebrauchen sei. Und wer das Schwert fand, fühlte ihm sich verbunden, solange er wusste, was er tat. Geriet es aber in falsche Hände …«

»Mist, die Stelle kann ich nicht lesen«, knurrte sie. Sofort glaubte sie, in Benx' Vater den Schuldigen gefunden zu haben. Er war noch immer mit der Zubereitung des Salats beschäftigt und summte gemütlich vor sich hin. Demonstrativ hielt sie ihrem Mann das Buch unter die Nase und zeigte auf einen großen Fettfleck, der den Text unlesbar machte. »Wie kommst du darauf, dass ich daran schuld bin?«, fragte er empört.

»Hast halt 'ne feuchte Aussprache«, entgegnete sie und klappte das Buch zornig zu.

Benx überlegte laut. »Und das heißt jetzt was?«

Seine Mutter rollte mit den Augen. »Du hast es gefunden, richtig?«

Er nickte.

»Also besteht zwischen dir und dem Schwert eine Verbindung.« Sie drückte ihm den Schwertgriff wieder in die Hand, sehr zum Unmut von Ebru.

»Also müssen wir das Schwert vernichten, damit alles wieder beim Alten ist?«

Benx' Mutter schüttelte entschieden den Kopf, sodass ihr Pferdeschwanz umher tanzte. »Nein, hör doch mal richtig zu! Ihr könnt es nicht vernichten. Ihr könnt es allenfalls verstecken.«

Elina horchte auf. »Ihr? Sie meinen, wir sollen das Schwert gemeinsam verstecken?«

»Ja, am besten wieder im Dunkelnebel der Bataquampa.«

Benx schluckte. Plötzlich kamen ihm wieder die Erinnerungen an seinen Ausflug in die Bataquampa an seinem ersten Arbeitstag bei Tiefschürf. Ausgerechnet das Schwert also, das ihn in den dunklen Untiefen der Bataquampa Kopf und Kragen gerettet hatte, sollte er nun genau dorthin zurückbringen. »Angenommen«, schnaufte er und versuchte, sich zu beruhigen, »ich schaffe es in den Dunkelnebel ...«

Hinter ihm zerklirrten einige Glasschalen, in die sein Vater den Salat hatte einfüllen wollen. Genervt stampfte seine Mutter auf. »Kannst du nicht woanders laut sein?«

Ohne auf ihre Worte zu reagieren, schnappte Benx' Vater sich ein Kehrblech und fegte die Scherben zusammen.

»Also gut«, setzte Benx' Mutter an. »Es gibt eine Möglichkeit, unbeschadet aus dem Dunkelnebel rauszukommen. Aber dafür müsst ihr zunächst ins Versteck der Hexen.«

»Wir sind raus«, entgegnete Ebru entschlossen und deutete auf Elina und sich.

Ungerührt zog Benx' Mutter ein weiteres Buch aus dem Regal. Es hatte einen dicken Ledereinband. Sie blätterte durch das Buch, bis eine Karte zum Vorschein kam, auf der die gesamte Oberwelt verzeichnet war. Benx grübelte. Irgendwo hatte er die Karte schon einmal gesehen. Dann fiel es ihm ein – im Hauptquartier von Tiefschürf, nur dass diese Karte hier viel kleiner war. Wirklich widmen konnte er sich auch dieser Karte nicht. Ihm wurde die Sicht versperrt.

Neugierig pressten Elina und Ebru die Nasen in das Buch. »Hier wohne ich«, freute sich Elina und deutete auf einen kleinen, auf der Karte verzeichneten Punkt.

»Ich will ja nicht drängeln«, sagte Benx' Mutter gedehnt und schob die Freundinnen beiseite. »Die Hexen verwandeln sich bald zurück. Ihr wolltet doch sowieso gehen … bei der Gelegenheit könnt ihr auch gern die Babys wieder mitnehmen«, sagte Benx' Mutter.

»Gehen? Wohl kaum. Sie begleiten mich in die Bataquampa«, entgegnete Benx so überzeugt, dass selbst Elina und Ebru nicht schlecht staunten. Noch nie zuvor hatte er in einem solchen Ton mit seiner eigenen Mutter gesprochen. »Kommt schon, ohne euch schaffe ich das nicht«, fügte er nach einer Weile kleinlaut hinzu.

»Also gut«, schnaufte Ebru.

Benx fiel ein Stein vom Herzen.

»Das hier ist der Acherias«, räusperte sich seine Mutter, »der dunkle Fluss der Bataquampa …« Sie malte ein Kreuz auf die Karte, ein paar Meter von der Quelle des Flusses in südlicher Richtung entfernt. »Dort befindet sich ihr Versteck. Seht zu, dass ihr das gesamte Inventar der Hexen vernichtet. Nehmt auf keinen Fall etwas mit, und passt auf die Muscheln auf, hört ihr?«

»Wieso, was ist mit denen? Schmecken die nicht?«, fragte Elina.

Benx' Mutter blickte die drei Freunde streng an. »Diese Muscheln sind trickreich. Sie teilen sich gern in zwei Hälften auf. Und wenn du es richtig anstellst, weißt du immer, wo sich die andere Hälfte befindet, auch an den entlegensten Orten.«

Seine Mutter klappte das Buch zu und übergab es Ebru.

Benx wurde zornig. »Und wie kommen wir dann zurück? Ich meine, wenn wir das Hexen-Inventar zerstört und das Schwert versteckt haben, tappen wir doch im Dunkeln durch die Bataquampa.

Ohne auf seine Frage zu antworten, verschwand sie aus der Küche. Erst eine gefühlte Ewigkeit später kehrte sie zurück. In ihren Händen hielt sie drei Bohnen.

Ungläubig blickten Elina und Benx einander an. Was um alles in der Oberwelt sollten sie mit Bohnen anfangen?

»Passt gut darauf auf, die helfen euch aus der Klemme, und nehmt Grunzel mit!« Benx' Mutter drückte jedem eine Bohne in die Hand. Dann schob sie die Freunde aus dem Haus.

- 27 -

IM VERSTECK DER HEXEN

Der Regen hatte inzwischen aufgehört. Grunzel allerdings hatte so überhaupt keine Lust, sich in irgendeine Richtung zu bewegen. Selbst die seinen Kopf umkreisenden Fliegen ließ er gewähren. Immer wenn Benx ihm gut zureden wollte, drehte Grunzel sich demonstrativ in die jeweils andere Richtung.

»Dir fehlt halt das richtige Einfühlungsvermögen«, sagte Elina. »Lass das mal uns Mädels erledigen.«

»Bitte ...«, zischte Benx beleidigt.

Aber auch seinen Freundinnen erging es mit Grunzel nicht besser. Statt aufzustehen, pupste das Schwein lautstark los, sprang dann aber mit einem Male auf und stürmte zum Haus.

»Siehst du, das ist Mädelspower«, jubelte Elina, ohne zu merken, dass Benx' Vater ein paar Essensreste aus dem Fenster gekippt hatte. Normalerweise war Grunzel nicht sonderlich wählerisch. Zaghaft schnüffelte er am Grünzeug und machte enttäuscht kehrt. Benx kannte Grunzels Vorlieben. Er wetzte in sein Zimmer und kehrte mit einem riesigen Lutscher zurück. Aufmerksam folgte Grunzel, dem der Speichel aus dem Maul lief, Benx' Armbewegungen.

»Lass uns den Lutscher an eine Angel hängen und ihm vors Gesicht halten«, schlug Ebru vor.

Obwohl auch Elina und Benx den Vorschlag für gut befanden, hatte die Sache zwei Haken. Zum einen besaßen sie keine Angel, zum anderen schnappte Grunzel sich den Lutscher und dachte gar nicht daran, ihn wieder herauszurücken.

Völlig überdreht rannte er im Kreis, dass es Elina schon beim Zusehen schwindelig wurde. Benx aber nutzte die Chance und packte den Zügel. Sofort wetzte Grunzel los, den Lutscher fest im Maul, Benx halb auf dem Sattel, halb auf dem Boden. Elina und Ebru hatten alle Mühe, Schritt zu halten. Erst als Grunzel den Lutscher samt Stiel aufgefressen hatte, gelang es den Freunden, das Riesenschwein zu bändigen. Grunzel wirkte wie ausgewechselt. Zu seinem eigenen Erstaunen hatte Benx es geschafft, Grunzel auf den richtigen Kurs zu bringen.

Und so dauerte es gar nicht lange, bis sie in der Enderschlucht ankamen und schließlich am Tiefschürf-Hauptquartier vorbeiritten. Ausgerechnet Moribar Rumor stand vor dessen Tür. Obendrein winkte er auch noch freundlich. Benx schüttelte sich – konnte dieser Tag noch schlimmer werden?

»Mach dir nichts draus«, tätschelte Ebru ihn. Offenbar merkte sie, was in ihm vorging.

Mit der einziehenden Abenddämmerung hielt Grunzel an, direkt an der Grenze zur Bataquampa. Im nächsten Augenblick warf er die drei Freunde ohne Vorwarnung ab und rannte davon. »So ein Mist«, stöhnte Elina und schüttelte sich den Sand aus den blonden Haaren.

»Sieht ganz schön unheimlich aus«, flüsterte Ebru und deutete auf den Dunkelnebel.

»Wird schon schiefgehen«, mimte Benx den Coolen und warf einen Blick auf die Karte. Dann zeigte er nach rechts, zückte den Schwertgriff und verschwand in die dicke wabernde Masse, gefolgt von seinen beiden Freundinnen.

Im Dunkelnebel angekommen, erstrahlte die Klinge des Schwerts in allen Farben des Regenbogens und offenbarte einen verwinkelten Pfad, der die drei Freunde allmählich abwärts führte. Es kam ihnen so vor, als würde der Pfad immer schmaler werden, je tiefer sie in die Bataquampa vordrangen. Fast schien es, als wüchse über und unter ihnen das zusammen, was jenseits des Pfads im Verborgenen lauerte, etwa Dornenbüsche und Schlingpflanzen, die sich trotz unzähliger Schwerthiebe nicht abschütteln ließen.

So vergingen die Stunden. Wort- und rastlos folgten sie dem immer schlammiger werdenden Pfad, der ihre Fußspuren sogleich wieder vergaß. Von den Sternen, die nunmehr ganz Rabaukien erhellten, war hier nichts zu sehen. Zu dicht hatte sich der Nebel aus Dunkelheit über die Wüste gelegt. Auch Elina und Ebru schauderte es ob der blicklosen Augen des Dunkels, die allesamt auf sie gerichtet zu sein schienen. In Benx aber regte sich etwas. Das Schwert hatte ihn seine Angst vergessen und wachsen lassen.

Inzwischen taumelten die drei Freunde mehr, als sie liefen – hungrig und ausgezehrt von der Dunkelheit, die langsam aufs Gemüt drückte. Doch dann geschah es. Benx hörte plätscherndes Wasser, nicht weit entfernt. Hinter einer Weggabelung, an der es etwas heller wurde, hielten sie inne. Hier war die Luft weniger stickig. Vor ihnen ergoss sich die murmelnde Quelle des Acherias aus einem rissigen, von schwarzem Unkraut überwucherten Fels. Zu ihrem Erstaunen löste sich das Unkraut, glitt ins Wasser und verwandelte sich sogleich in kleine violette und dunkelrote Fische. »Die habe ich schon einmal gesehen«,

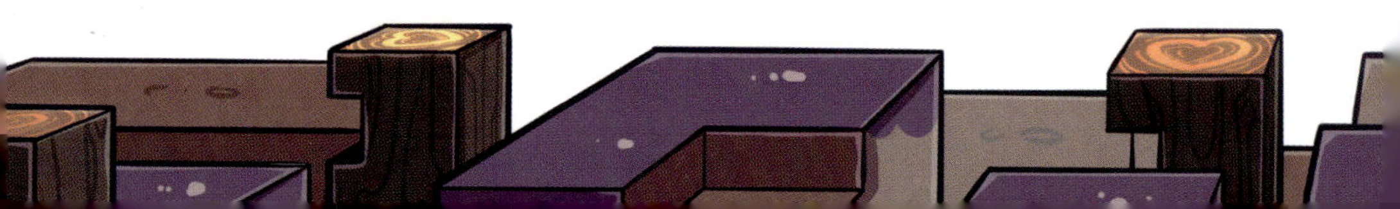

sagte Benx, »in der Schule für angewandte Gehirnwäsche.« Er staunte und folgte ihren hypnotisierenden Bewegungen an der Wasseroberfläche.

Ebru schüttelte ihn. »Das ist jetzt nicht wichtig. Hier irgendwo muss das Versteck der Hexen sein.«

Wie aus einem tiefen Traum erwacht, blickte er Ebru an.

Sie ließ den Blick schweifen, und tatsächlich fiel ihr etwas Seltsames auf. Mit offenem Mund starrte sie auf einen riesigen Maulwurf aus massivem Gestein, der um die hundert Füße haben musste.

»Boah, cool«, juchzte Elina, »wisst ihr, was dem noch fehlt zu seinem Glück?«

Ebru zuckte mit den Schultern.

»Schuhe … wenn wir das nächste Mal hier sind, bringe ich alle Sneakers mit, die ich auftreiben kann.«

Benx hatte seine Fassung zurückerlangt und konnte sich ein Lachen nicht verkneifen.

»Das muss es sein, oder?«, murmelte Ebru.

»Sag ich doch, Sneakers sind *die* Idee, natürlich in entsprechender Größe«, erwiderte Elina.

Grinsend schüttelte Ebru den Kopf. »Nein, ich meine doch das Versteck der Hexen.«

Benx nickte und lief vorsichtig in Richtung des linken Nasenlochs. Mit jedem weiteren Schritt wurde das Rauschen des Acherias leiser. »Das muss die Tür sein«, murmelte er und packte den Schwertgriff noch ein wenig fester. Abermals ging Benx voran und leuchtete mit dem Regenbogenschwert den Gang aus. Alles war ruhig, beinah zu ruhig. Nichts stellte sich ihnen in den Weg. Elina witterte eine Falle. Nervös drehte sie sich zu Ebru um und schreckte lautstark auf, als eine Handvoll Fledermäuse an ihnen vorbeiflog.

»Sei doch still!«, fauchte Benx und wischte ein paar Spinnennetze beiseite.

»Da hinten ist der Ausgang«, flüsterte Ebru und zeigte auf ein schwaches Licht. Unruhig zuckte es und wuchs mit jedem weiteren Schritt wie ihre Zuversicht.

Kaum hatten sie das Nasenloch durchquert, standen sie inmitten eines auf den ersten Blick hübsch eingerichteten Raums. Zu seiner Linken entdeckte Benx einen Tisch in der Form eines Einhorns, dessen Horn wie ein Kerzendocht brannte. Gleich daneben standen goldverzierte Teetassen und Teekännchen. Obendrein ließ sich anhand der angelehnten, beschrifteten Stühle erkennen, wo die Hexen zu sitzen pflegten. Weniger einladend wirkten die stählernen Käfige, hinter denen sich zwei rostige Kessel, das Hexen-Inventar und ein paar hochaufragende Regale befanden. Genau dort mussten sie hin. Erschrocken stellte Benx fest, dass die Kessel zischten und qualmten. Hatten sich die Hexen also bereits zurückverwandelt und warteten nur darauf, sie in die Falle zu locken?

Beauty

- 28 -

SCHLEIMBOMBE UND CREEPER

Benx unterdrückte das mulmige Gefühl. Schnurstracks stürmte er auf die randvollen Kessel zu. Mit einem gezielten Schnitt seines Regenbogenschwerts halbierte er den ersten Kessel. Sogleich versickerte dessen rosafarbene, nach faulen Eiern riechende Flüssigkeit. Wie im Rausch zerschlug er auch den anderen Kessel, dessen Flüssigkeit nicht minder stank. Obwohl Elina und Ebru sich am liebsten die Nasen zugehalten hätten, drückten sie sich mit aller Kraft gegen eines der Regale. Es kippte in Zeitlupe und löste eine Kettenreaktion aus. Nachdem das erste Regal umgekippt war, fielen auch die anderen. Zum Vorschein kam der Vorhang eines stillen Wasserfalls, der ihnen zuvor nicht aufgefallen war. Unterdessen klirrten Abertausende gelbe, grüne, schwarze oder auch rote Fläschchen zu Boden. Sogleich zog sich die darin enthaltene Flüssigkeit zu einer düsteren Wolke zusammen, und Blitze zuckten an der Decke, begleitet von Donnergrollen. Zu ihrer Erleichterung entwich sie aus den Nasenlöchern des riesigen Maulwurfs. Gerade als Benx die Klinge des Regenbogenschwerts

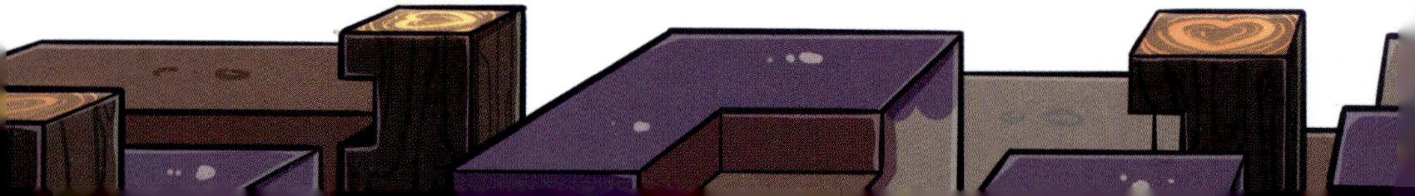

auf einen Stapel Bücher und allerlei Zettel richtete, hörte er, wie Honigkropf fluchte und ihren Maulwurf beschimpfe. Dieser hatte sich durch den Boden gegraben, war aber versehentlich an einem für die Freunde nicht einsehbaren Bereich des Hexenverstecks aufgetaucht. So trug er nun eine Klobrille um die Rüsselnase, und eine Wasserfontäne spritzte aus der Toilette bis an die verspiegelte Decke. »Blödmann«, zischte sie, riss die Klobrille unsanft ab und verstaute beide Maulwürfe in ihrem Schädel. Ungeachtet der nicht versiegenden Fontäne gingen die beiden Hexen durch den Wasserfall und rückten den drei Freunden zu Leibe.

»Dafür werdet ihr bezahlen!«, schimpfte Honigkropf und versuchte, Benx das Regenbogenschwert aus den Händen zu reißen.

Entschlossen schnappten Elina und Ebru sich die zerschlagenen Kesselteile, deren scharfe Kanten die pudelnassen Honigkropf und Bazilla tatsächlich zurückweichen ließen. Aber besiegt waren sie noch nicht. Honigkropf öffnete ihre Schädeldecke und hetzte die beiden Maulwürfe auf die drei Freunde. Die wiederum machten schnurstracks kehrt und huschten ohne Vorwarnung aus dem riesigen Nasenloch. Entgeistert gaffte Honigkropf den Maulwürfen hinterher und ertastete ihren geöffneten, kahlen Schädel. Nicht minder irritiert blickte ihre Schwester auf das riesige Nasenloch, durch das die Maulwürfe entkommen waren. Halb in Gedanken, halb rasend vor Wut zog sie ein Tintenfass aus ihrem violetten Umhang. Bevor die Freunde sich versahen, riss sie den Pfropfen aus der Öffnung. Anders als geplant, spritzte die schwarze Tinte in ihre Augen. Die Hände schützend vor das Gesicht haltend, taumelte sie rückwärts.

Nun war die Gelegenheit gekommen, den Hexen ein für alle Mal den Garaus zu machen. Honigkropf wich ebenso zurück, aber aus einem anderen Antrieb. Sie gab sich noch nicht geschlagen. In der Hoffnung, die drei Freunde austricksen zu können, näherte auch sie sich den Käfigen, in die sie sonst je nach Lust und Laune ihre Maulwürfe oder unliebsame Eindringlinge zu stecken pflegten. »Wir sollten verhandeln«, sagte Honigkropf beinahe flüsternd und machte eine beschwichtigende Geste. Dazu verknotete sie die Finger ihrer Hände und drehte sie fünfmal hin und her.

»Das ist eine Falle!«, rief Benx.

Eben noch freundlich, warf Honigkropf nun mit einer Schleimbombe. Doch ihr Vorhaben ging nach hinten los. Benx hatte recht behalten und stellte sich schützend vor seine Freundinnen. Die Schleimbombe prallte von der Klinge des Regenbogenschwerts zurück. Direkt über ihrem Kopf entlud sich die stinkende braune Masse. Blindlings stolperte sie in den Käfig und riss Bazilla mit sich. Elina und Ebru stemmten sich gegen die schwere Stahltür des Käfigs. Es schepperte, als sie zufiel und sich das Schloss von selbst verriegelt. Sie hatten es geschafft. Die Hexen waren eingesperrt. Beide konnten für den Moment nichts mehr sehen. So merkten sie nicht, dass Benx mit der Spitze des Regenbogenschwerts nun auch noch ihre Bücher in Brand setzte. Der erste Teil der Aufgabe, die Benx' Mutter ihnen aufgetragen hatte, war also erfüllt.

Während sich die Flammen an den Zaubersprüchen satt fraßen, knallte es plötzlich, zunächst in weiter Ferne. Dann knallte es erneut, und das unheilvolle Geräusch drang näher heran. Benx sah zu den Gefangenen, verwarf aber sogleich seinen Gedanken, die Hexen könnten damit etwas zu tun haben. Sie gaben ein jämmerliches Bild ab. Das bloße Aufstehen schien ihnen nun schon zu schwer zu sein. Benx war sich gewiss, das mussten Creeper sein – aber was wollten die hier? Und wie viel Zeit blieb den Freunden, rechtzeitig zu verschwinden? Oder sollte er sie bekämpfen? Immerhin hielt er das Regenbogen-

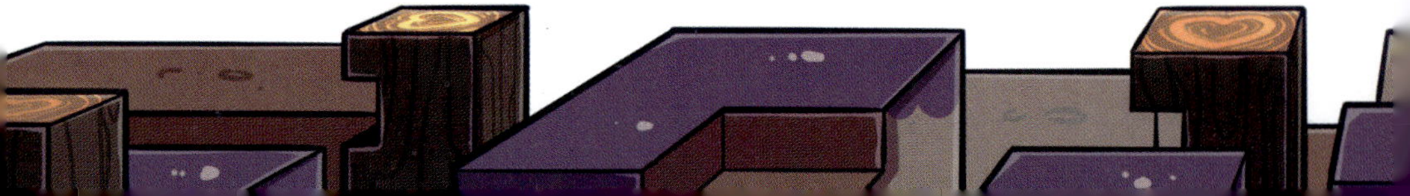

schwert in der Hand, das sie unweit von hier im Dunkelnebel verstecken sollten. Ebru wurde unruhig. »Lasst uns schleunigst hier abhauen!«

»Wenn wir die Creeper jetzt nicht bekämpfen, wann dann?«, entgegnete Benx.

»Nein, wir müssen hier weg und dieses Schwert verstecken, wie deine Mutter es gesagt hat«, rief Elina und rannte voran. Ebru folgte ihr.

Plötzlich rannte ein giftgrüner Creeper aus dem Nasenloch des riesigen Maulwurfs kommend auf sie zu. Sogleich ging er in die Luft. Ebenso wie der Tisch und die Stühle wurden Elina und Ebru von der Druckwelle erfasst. Nur die Käfige schienen unversehrt zu sein, als läge ein düsterer Zauber auf ihnen. Fassungslos musste Benx mit ansehen, wie seine Freundinnen durch die Luft geschleudert wurden.

Erleichtert stellte er fest, dass sie im Gegensatz zu den zerbrochenen Möbeln glimpflich davongekommen waren. Dafür fühlte er sich nun beobachtet. Er schreckte hoch und wendete den Blick auf den Vorhang des stillen Wasserfalls. Dort stand er: Pilpil Sommerschlaf, umringt von einer ganzen Creeper-Armee.

»Dir haben wir diesen Schlamassel also zu verdanken«, sagte Benx entschlossen, keinen Millimeter zurückzuweichen.

Pilpil Sommerschlaf lachte. Er zog sich die Handschuhe an und hetzte Benx zwei Creeper auf den Hals. Sofort stürmten sie los, explodierten jedoch schon, bevor sie auch nur in Benx' Nähe kamen, sodass der Putz von der Schädeldecke des riesigen Maulwurfs bröckelte. »Aber wieso hast du das getan?«, fragte Benx, die übrigen Creeper argwöhnisch begutachtend.

Anstelle von Pilpil Sommerschlaf antwortete eine weitere Stimme. Benx überlegte, wo er die Stimme schon einmal gehört hatte. »Ganz

klar«, dachte er, »bei Tiefschürf, aber was will dieser Ronimo Rumor hier?«

Pilpil Sommerschlaf nutzte Benx' kurzen Augenblick der Unachtsamkeit. Er jagte drei weitere Creeper los. Sofort nahmen diese Kurs auf die am Boden liegenden Ebru und Elina. Weit kommen sollten sie nicht. Mit der Klinge des Regenbogenschwerts streifte Benx einen der Creeper. Es gab kaum einen Kratzer, aber genug, um eine Kettenexplosion der Creeper auszulösen.

Wummm. Benx wurde auf den Boden geschleudert. Ihm fehlte nichts. Erst als er sich nach Ebru und Elina umdrehte, die offenbar keinen weiteren Schaden genommen hatten, schien er auf einmal die Kontrolle über das Regenbogenschwert zu verlieren. Dabei konnte er nicht sagen, ob ihm das Regenbogenschwert von selbst entglitt oder ob es an Pilpil Sommerschlaf lag, der wie wahnsinnig daran zerrte.

Endlich gewann Pilpil Sommerschlaf das ungleiche Duell. Zufrieden reckte er das Regenbogenschwert in die Höhe. Jetzt saßen Benx und seine Freundinnen in der Klemme, zumal das Schwert Pilpil Sommerschlaf durch seine dicken Handschuhe dieses Mal nicht verletzte. Die drei Freunde standen umringt von Creepern. Obendrein wurde die Flamme des Regenbogenschwerts nun gegen Benx gerichtet. Zwar bildete er sich ein, dass sie bereits allmählich verblasste, aber die bloße Überzahl an Creepern versetzte ihn in eine Art Schockstarre.«

Ab in den Käfig mit euch!«, forderte Pilpil Sommerschlaf. Er deutete auf Benx und seine Freundinnen, die endlich wieder zu sich gekommen waren.

Widerwillig schlurften sie in den Käfig, bevor Pilpil Sommerschlaf der mächtigen Tür einen lässigen Schubs gab und den Schlüssel ins Schloss gleiten ließ.

- 29 -

NEUE UNTERRICHTSPLÄNE

Verzweifelt rüttelte Benx an den Käfigstangen. Es war alles umsonst gewesen. Pilpil Sommerschlaf hatte sich aus dem Staub gemacht. Gewiss war er inzwischen über alle Berge, und Benx selbst war nichts geblieben. Benx sah sich um. Überall lagen verkohlte Blätter, zerklirrte Fläschchen und jede Menge Creeper, die wie Benx' Träume einfach zerplatzt waren.

Die Hexen im Nachbarkäfig hatten sich inzwischen wieder berappelt und sich des stinkenden Schleims entledigt. »Wenn wir hier rauskommen, dann könnt ihr was erleben!«, wütete Honigkropf und würgte ein paar Käfer hervor, auch noch, als sich unweit des Käfigs plötzlich eine Steinplatte auf dem Boden hin- und herbewegte.

Wie gebannt starrte Benx auf die Stelle, auf der ein paar Muscheln lagen. Sein Herz machte einen Hüpfer, als Graf Zips zum Vorschein kam und sie genüsslich zertrat. »Tut mir leid, das wollte ich nicht«, log er. Doch Benx' Freude war nicht von langer Dauer. Graf Zips grüßte freundlich. »Die Damen …« Suchend blickte er sich nach allen Seiten um, bis er die Hexen im Käfig entdeckte. Er zögerte. »Ich komme im Auftrag von Rektor Spikkoli.«

»Und wenn du im Auftrag des Enderdrachen kämst, lass uns gefälligst hier raus«, drängte Bazilla. »Nur mit der Ruhe«, erwiderte Graf Zips.

Er holte ein paar Papiere aus seinem Inventar und drückte sie Bazilla in die Hand.

»Was soll das sein?«, wunderte sie sich.

»Die neuen Unterrichtspläne – zur Durchsicht.«

»Ach so, die neuen Unterrichtspläne«, wiederholte sie mit aufgesetzter Stimme. »Und jetzt mach endlich die Tür auf!«

Gesagt, getan. Zu ihrem Unmut öffnete Graf Zips jedoch die Tür des Nachbarkäfigs und hielt Bazilla demonstrativ den Schlüssel unter die Nase. Wütend löste sie ihre Augen unter dem Zischen ihrer Schwester. Kurzerhand ließ Bazilla ihre Augen aus dem Käfig huschen, so als hoffte sie, Graf Zips dadurch zu verängstigen. Aber er hatte keine Angst. Statt die Hexen doch noch freizulassen, pflückte er Bazillas Augen einfach vom Boden, hielt sie, ganz zum Entsetzen von Honigkropf, prüfend in den knöchernen Händen und ließ sie in sein Inventar verschwinden.

Elina fiel dem Skelett um den Hals. Vor lauter Verlegenheit nahmen seine knöcherne Wangen einen zartrosa Ton an. »Keine Zeit für Gefühlsduselei«, sagte Benx. Die Hexen waren besiegt, das wusste er. Ein paar letzte Glutnester glommen leise. Trotzdem vermisste Benx das Regenbogenschwert nun mehr denn je. Er war unruhig. Was würde Pilpil Sommerschlaf mit dem Regenbogenschwert anfangen?

Graf Zips löste sich aus der Umarmung. »Du hast recht. Legt eure Bohnen bitte unter die Zungen«, sagte er.

»Aber woher wissen Sie …?« Benx starrte ihn an.

»Von meiner Mutter, stimmt's ...?«

Graf Zips nickte. Als sie seiner Aufforderung nachkamen, schob Graf Zips die Steinplatte ächzend zur Seite. Schon im nächsten Augenblick schliefen die drei Freunde ein und schrumpften dabei so zusammen, dass Graf Zips sie problemlos unter seiner Perücke verstauen konnte.

Als sie wieder aufwachten, hatten sie ihre normale Größe zurückerlangt. Mehr noch: Sie befanden sich unweit der Schule für angewandte Gehirnwäsche hinter einer verdorrten Hecke, und ein neuer Tag hatte bereits Gestalt angenommen. Die Wolkenbäuche hingen tief und bedrohlich, ließen sich aber vom böigen Wind nicht auseinandertreiben. Ein Gewitter lag in der Luft. Aber das kümmerte Graf Zips nicht, während er beunruhigt um die drei herumschlich. Er hatte den Blick auf das halb von der Erde verschluckte Gebäude gerichtet, das aussah wie ein violettes Schneckenaus. Ihn plagte sein schlechtes Gewissen, das Richtige getan zu haben. Wenigstens war er seinem Auftrag nachgekommen, den Hexen die neuen Unterrichtspläne bereitzustellen. Dann beruhigte er sich. Wie oft hatten die Hexen Rektor Spikkoli, Rumbi und allen anderen Skeletten übel mitgespielt – teils aus Rache, teils aus Spaß. Gewiss wäre Rektor Spikkoli nicht so dumm, die Hexen wieder freizulassen, und vermissen würde er sie ohnehin nicht.

»Sie sind uns Antworten schuldig«, forderte Benx.

»Bin ich das? Immerhin habe ich meinen hübschen Kopf riskiert, um euch da rauszuholen.« Er hauchte einen Kuss in Elinas Richtung.

Ebru verschränkte die Arme. »Er hat recht, sei nicht so hart mit ihm.«

»Was hat Pilpil Sommerschlaf mit diesen Creepern zu schaffen?« Benx ließ nicht locker.

Graf Zips zögerte, bis er antwortete. »Wie ihr wisst, arbeitet Pilpil Sommerschlaf für Moribar Rumor.«

Benx verdrehte die Augen, schon der Name löste in ihm beinah Brechreiz aus.

»Eben jenem Moribar Rumor habe ich nie über den Weg getraut. Daher behielt ich ihn im Auge. Er war mal eine richtig große Nummer, zumindest bis klar wurde, dass er die Rabaukianer hinters Licht geführt hatte.«

»Wie das?«, fragte Elina.

»Er hat alles getan, um berühmt zu werden, und irgendwann haben die Rabaukianer spitzgekriegt, dass der Großteil seiner Ausgrabungen nur erfunden war. Die Leute verachteten ihn dafür. Also hat er beschlossen, sich zu rächen.«

»Und was hat das jetzt mit den Creepern zu tun?«, erwiderte Benx.

»Nun lass mich doch mal ausreden ...«, knurrte Graf Zips und erntete Benx' beleidigte Blicke. »Creeper kommen nicht einfach so vorbei, richtig?«, warf Graf Zips in den Raum.

Die Freunde nickten ungeduldig.

»Aber was wollen die hier?«, fragte Elina besorgt.

»Sie sollen Moribar Rumor zunächst die nötige Zeit und Ablenkung verschaffen«, entgegnete das Skelett und blickte in verständnislose Gesichter. »Irgendwann habe ich ihn dabei gesehen, wie er in die Enderwelt verschwunden ist. Das kam mir merkwürdig vor. Also bin ich ihm gefolgt. Es ist sehr ungewöhnlich, dort freiwillig hineinzugehen.«

»Und was wollte er da?«, fragte Benx.

»Er hat einen Pakt geschlossen.«

»Einen Pakt, mit wem?«, wunderte sich Elina.

Benx hatte so eine Vorahnung. »Mit dem Enderdrachen«, hauchte er.

»Richtig!«, pflichtete Graf Zips ihm bei.

»Aber das ist ja völlig durchgeknallt«, stellte Elina fest. »Warum sollte er so etwas machen?«

»Wer Moribar Rumor kennt, weiß, wie machthungrig er ist.«

»Sie meinen, die vielen Creeper haben wir dem Enderdrachen zu verdanken?«, fragte Benx.

Graf Zips nickte.

»Und was hat der Enderdrache davon?«, fragte Ebru.

»Moribar Rumor wusste vom Schwert, schon lange bevor du es gefunden hast. Und er wusste, dass deine Mutter es in den Dunkelnebel geschleudert hatte.«

Benx überlegte. »Das heißt, Moribar Rumor persönlich hatte mir die Suppe mit Tiefschürf eingebrockt. Ihm hatte ich den Brief zu verdanken, nicht wahr?«, fragte er fassungslos.

Graf Zips nickte. »Offenbar hatte er nur auf den richtigen Moment gewartet … und der Enderdrache weiß, dass er nur mithilfe des Schwerts vernichtet werden kann.«

Die drei Freunde sahen einander betreten an. Erste Blitze durchzuckten den Himmel.

»Ach je, das ist ja schrecklich.« Elina schlug die Hände über dem Kopf zusammen. »Sie meinen, er will den Enderdrachen töten?«

Graf Zips schüttelte den Kopf und rückte sich die windschiefe Perücke zurecht. »Nein, er will es ihm übergeben. Im Gegenzug erhofft er sich vom Enderdrachen mehr Creeper für seine Armee. Wie ich Moribar Rumor einschätze, will er die gesamte Oberwelt erobern. Aber er spielt mit dem Feuer. Sollte der Enderdrache das Regenbogenschwert bekommen, fürchte ich, sind wir alle verloren.«

- 30 -

RUMOR

Es war zum Verzweifeln. Sie hatten nichts in der Hand, um sich dieser Übermacht entgegenzustellen. Kampflos aufzugeben kam für Benx jedoch nicht infrage, zumal er spüren konnte, dass das Schwert noch nicht verloren war. »Wo finden wir den Eingang zur Enderwelt? Können Sie uns dort hinbringen?«, unterbrach Benx nach einer Weile das allgemeine Schweigen.

Graf Zips lachte. »Es gibt Hunderte Eingänge, dürfte schwierig werden, den richtigen zu finden. Aber du hast etwas an dir, was nützlich sein könnte. Du musst nur verstehen, wie es funktioniert.« Graf Zips klopfte sich auf die Schulter.

In der Zwischenzeit bückte sich das Skelett, wodurch seine Perücke auf den Boden fiel. Kaum hatte es sie aufgehoben, zog es Benx' auch schon die Schuhe aus. Im nächsten Augenblick reckte es sie in die Höhe, während Benx versuchte, sein Gleichgewicht wiederzufinden.

»Und das soll jetzt was?«, wunderte sich Elina. Auch Ebru und Benx blickten einander verwirrt an. Ungerührt schlug das Skelett die Schuhe

aneinander, bis etwas herausfiel. Benx traute seinen Augen kaum. Zu seinen Füßen lag eine halbe Muschel. »Aber die sieht doch so aus wie …«

»Ja, die stammt aus der Bataquampa. Deine Mutter meinte, sie wisse, wer im Besitz des Gegenstücks sei.«

Benx horchte auf. Ihn beschlich eine Vorahnung.

»Wer denn?«, fragte Ebru.

»Pilpil Sommerschlaf«, entgegnete Graf Zips und presste Benx die halbe Muschel ans Ohr. Erst nach geraumer Zeit hörte er endlich etwas. Am anderen Ende erklang tatsächlich Pilpil Sommerschlafs Stimme. Offenbar stritt er sich gerade. Einen Moment darauf erschien Pilpil Sommerschlaf vor seinem geistigen Auge. Er stand vor einem rostigen Tor. Umgeben von gut hundert Creepern starrte er in einen Abgrund. Hinter ihm stand Moribar Rumor und tippte nervös auf seine Armbanduhr. Benx grübelte. Der Ort kam ihm bekannt vor. Als er den beinah verblassten Schriftzug »Rumor« entdeckte, fiel es ihm wie Schuppen von den Augen.

»Ich weiß, wo sie sind!« Er riss sich die halbe Muschel vom Ohr und starrte seine Freundinnen mit großen Augen an.

»Dann nichts wie los!«, platzte es aus Ebru heraus.

Elina staunte, hielt Ebru doch sonst nicht sonderlich viel von Abenteuern und noch weniger von gefährlichen.

»Vielleicht kann ich das ja in einem meiner Gemälde verarbeiten«, sprach sich Ebru Mut zu und rannte schnurstracks voran, so schnell, dass Graf Zips kaum mithalten konnte.

Die karg bewachsenen Wege, die schwarzen Häuser der Stadt – alles rauschte nur so an ihnen vorbei. Offenbar liefen sie so schnell, dass selbst Benx' Vater, der mit Rufus Gassi ging, keine Notiz von ihnen nahm. Er war vertieft in ein Selbstgespräch über Bäume und hielt die

Leine kurz. Rufus bellte Benx traurig hinterher, denn den Hund zu begrüßen und zu streicheln, war nun keine Option. Obwohl Benx der Schweiß aus allen Poren trat, fühlte er sich großartig. Zum ersten Mal seit Langem hatte er das Gefühl, das Richtige zu tun. Er wusste, nur sie konnten Moribar Rumor und Pilpil Sommerschlaf jetzt noch aufhalten.

- 31 -

KAMPF MIT DEM UNGETÜM

Zu seiner Erleichterung stellte Benx fest, dass es noch nicht zu spät war, als sie Pilpil Sommerschlaf und Moribar Rumor aus der Ferne erspähten. Unweit der heruntergekommenen Fabrikhalle hielten sie inne. Es donnerte und blitzte. Der Ort war genauso unheimlich, wie Benx ihn in Erinnerung hatte. Karges Grau und verkümmerte Pflanzen, die auch der nunmehr peitschende Regen nicht wiederzubeleben vermochte. Wenigstens, so tröstete Benx sich, hatte das Bild in der Muschel die Wahrheit gezeigt. Aber das half ihnen auch nicht weiter. Sie hatten weder einen Plan noch waren sie stark genug, es mit den Creepern aufzunehmen. Ganz zu schweigen vom Regenbogenschwert. Einstweilen versteckten sie sich hinter dem mächtigen Stamm eines abgestorbenen Kastanienbaums und ließen den Dingen ihren Lauf.

»Und nun?«, fragte Ebru.

Graf Zips hatte eine Idee. Er holte Bazillas Augen aus seinem Inventar und zielte. Der erste Wurf verfehlte sein Ziel. Mit dem zweiten Auge

traf er einen der Creeper am Hinterkopf. Verdutzt blickte sich dieser und bald darauf alle Creeper nach allen Seiten um. Da sie nichts Verdächtiges feststellten, starrten sie schließlich wieder Löcher in die Luft. Wild gestikulierend deutete der getroffene Creeper auf einen Vogel in weiter Ferne, was die Aufmerksamkeit von Moribar Rumor und Pilpil Sommerschlaf auf sie lenkte. Die drei Freunde bissen die Zähne zusammen, hielten den Atem an und schlichen geduckt hinter den Creepern entlang. Graf Zips trottete ungesehen lässig hinterdrein. Zwar war das Versteck hinter dem Fabrikgebäude kaum sicherer als das Versteck hinter dem Kastanienbaum, aber nun waren sie näher am Geschehen.

Keine zehn Meter von ihnen entfernt lief Moribar Rumor nervös auf und ab, den bloßen Schwertgriff in der Hand. »Los, beeil dich, der Enderdrache hasst es, wenn er warten muss.«

Pilpil Sommerschlaf trat ein paar Schritte beiseite und gab dem von Bazillas Auge getroffenen Creeper vor, sich mit ihm unterhalten zu wollen. Vorsichtig tätschelte er den Creeper am Arm und näherte sich der tiefen Kluft. In der Erwartung eines Gesprächs öffnete der Creeper den Mund und folgte ihm. »Was ich dich schon immer mal fragen wollte ...«, sagte Pilpil Sommerschlaf. Bevor der Creeper jedoch reagieren konnte, schubste Pilpil Sommerschlaf ihn in den Abgrund. Umgehend knallte es ohrenbetäubend, entfaltete aber die erwünschte Wirkung.

Die anderen Creeper bohrten ungerührt in ihren Nasen, freuten sich lauthals über jeden Blitz, und die Erde bebte. Genau zwischen Benx und seinen Freundinnen bildete sich ein Riss. Größer und größer wurde er, bis er schließlich Graf Zips verschluckte. Aber es sollte noch schlimmer kommen.

Verzweifelt musste Benx mit ansehen, wie der Abgrund nach Elina und Ebru schnappte. Obendrein ertönte ein markerschütterndes Gebrüll. Es stank fürchterlich nach Schwefel. Gemächlich, aber mit mächtigen Schritten kletterte der Enderdrache den Abgrund empor. Dabei wischte er Elina und Ebru unbemerkt mit seinem Flügel weg. Wie Spielzeuge krachten sie auf den Boden und blieben bewusstlos liegen. Benx konnte ihnen nicht helfen. Auch Pilpil Sommerschlaf und Moribar Rumor hatten alle Mühe, sich trotz der Erschütterungen auf den Beinen zu halten.

»Ich habe meinen Teil der Abmachung erfüllt!«, bot Moribar Rumor dem Enderdrachen selbstbewusst die Stirn. Triumphierend hielt er den Schwertgriff in die Luft.

»Moment«, protestierte Pilpil Sommerschlaf, »was heißt hier ‚ich'?«

»Mein Junge, du musst eins verstehen ...«, setzte Moribar Rumor an, brachte seinen Satz aber nicht zu Ende.

»Erspart mir euer ödes Geschwätz«, zischte der Enderdrache. Wütend stampfte er auf den Boden, so laut, dass Benx das Donnergrollen am Himmel dagegen wie ein Flüstern vorkam. Immer weiter riss der Boden auf. Endlich verlor Pilpil Sommerschlaf das Gleichgewicht und stürzte in den Abgrund, und mit ihm die Creeper.

Benx versteckte sich hinter der letzten unbeschädigten Mauer der allmählich in sich zusammenrutschenden Fabrik und ärgerte sich über seine Neugier. Wäre er doch bloß nicht in die Bataquampa gegangen – dann hätte er dieses Schwert nicht gefunden. Wie wünschte er sich nun sein langweiliges Leben zurück, das weitestgehend aus Ausschlafen und Entspannen bestanden hatte. Er schüttelte sich. Nein, so durfte er nicht denken. Er musste seinen Freundinnen helfen, die immer noch leblos auf dem Boden lagen. Und er musste das Regenbogenschwert wieder an sich reißen, um dem Spuk ein Ende zu bereiten. Benx spürte, dass der Enderdrache seinen Kopf nun noch tiefer senkte. Widerwärtig hatte schon Honigkropfs Schleimbombe gestunken, war aber nichts im Vergleich zum Atem des Enderdrachens, der obendrein sengend heiß

war. Das Untier knurrte. »Wer garantiert mir, dass das Schwert keine Fälschung ist?«

»Ist es nicht, ganz gewiss«, stotterte Moribar Rumor, dem offenbar das Herz inzwischen die Kehle abschnürte. Mit allen Mitteln versuchte er, das Regenbogenschwert zum Leuchten zu bringen. Aber egal, wie er den Schwertgriff auch schüttelte, in die Luft hielt und versuchte, ihn zu verbiegen – kein einziger Funken war zu sehen.

»Zeitverschwendung!«, murrte der Enderdrache. Zornig schwang er seine Flügel, und ein Wirbelsturm bildete sich, der Moribar Rumor mit sich riss und gegen das rostige Tor schleuderte.

Benommen richtete er sich kurz auf, drehte sich um die eigene Achse und ließ den Schwertgriff fallen. Benx entdeckte den Schwertgriff, als der Enderdrache im Begriff war, sich in die Luft zu schwingen. Ohne viel Federlesens hechtete er aus seinem Versteck, und bevor der Enderdrache sich versah, hielt Benx den Schwertgriff auch schon in den Händen. »Das nennst du also Zeitverschwendung!«, rief er gegen Wind und Donner an. Sofort entflammte das Schwert in allen Farben des Regenbogens.

Erschrocken kippte der Enderdrache zur Seite und rutschte weg. Nun humpelte er. Aber ein weiterer Spalt tat sich auf und verschluckte Moribar Rumor.

»Sieh an, sieh an!«, hauchte der Drache. »Gib mir das Schwert, dann verschone ich dich ... vielleicht ...«

»Ich denke ja gar nicht daran«, erwiderte Benx und bewegte sich auf den Enderdrachen zu, nicht willens, ihn aus den Augen zu lassen.

»Wie du willst.« Kaum hatte er ausgeredet, spie der Enderdrache auch schon los. Seine violette Flamme zündete die stickige Luft an und verfehlte Benx nur knapp. Benx stockte der Atem. Der Enderdrache lachte. »Sterblicher, ich kriege dich!« Kurz darauf setzte er die Perücke von Graf Zips in Brand, der aus einem der nunmehr vielen Abgründe geklettert kam.

»Hilf den beiden und schaffe sie hier weg!«, schrie Benx verzweifelt und deutete auf Elina und Ebru, die sich kaum noch zu halten vermochten.

Graf Zips jedoch hatte eigene Sorgen. Violette Flammen tobten sich auf seiner Perücke aus. Rasch riss er sie sich vom Schädel. Dann näherte er sich Ebru und Elina auf einem schmalen Vorsprung zwischen zwei Abgründen und half einer nach der anderen auf. Sie waren erschöpft, dachten aber gar nicht daran, eine Pause einzulegen oder sich zu verstecken. Für sie hatte der Enderdrache keine Augen, nur für das Regenbogenschwert und den jämmerlichen Sterblichen, der es führte. Also machten sich Ebru, Elina und Graf Zips ans Werk. Auch wenn sie nicht viel ausrichten konnten, hofften sie doch, Benx durch ein Ablenkungsmanöver wenigstens etwas Zeit verschaffen zu können. Sie trugen allerlei schwere Felsbrocken zusammen, bis sie keine mehr finden konnten, die groß genug waren. Zu dritt umklammerten sie Fels um Fels und legten all ihre Kraft in die Würfe. Kein einziger traf sein Ziel. Einzig der schwerste Fels lag ihnen noch zu Füßen. Der Enderdrache musste etwas geahnt haben. Obwohl er sie keines Blickes würdigte, bewegten sich sein Leib und Schwanz unaufhörlich. »Der ist für Benx!«, hauchte Ebru.

Sie schoben den Felsbrocken näher und näher von hinten an den Enderdrachen heran, bis der Gestank seines Atems kaum noch auszuhalten war. Endlich gab Elina ein Zeichen. Ächzend packten sie den Fels und stürzten ob seines Gewichts nach ihrem Wurf vornüber. Treffer. Der Felsen hatte die Schwanzspitze erwischt. Vor lauter Schmerz brüllte der Enderdrache.

Nun galt es, sich schleunigst aus dem Staub zu machen. Der Enderdrache kannte kein Halten mehr. Er wandte sich zu den Freundinnen und Graf Zips um. Gerade noch rechtzeitig konnten sie in Deckung gehen, bevor er nach und nach alles versengte, was seinem feurigen Atem in die Quere kam.

Benx hatte keine Zeit mehr zu verlieren. Beinah krampfhaft umschlossen seine Finger den Schwertgriff. Hinter ihm rutschten weitere Erdmassen, Geröll und auch Bäume in die Tiefe. Ihm blieb nur diese eine Chance. Noch immer drehte ihm das abgelenkte Ungetüm den Rücken zu. Inmitten von dunklen Rauchschwaden schnaubte es und spie, dass selbst die Blitze am Himmel ihren Schrecken verloren. Benx' Schuhe begannen zu schmelzen. Ohne lange zu fackeln, nahm er schließlich Kurs auf die rechte Hinterklaue des Enderdrachens. So schnell er konnte, kletterte er hinauf, vorbei an den Kniegelenken, bis er den Rücken erreicht hatte. Jetzt, da er auf ihm stand, meinte er, sich in einem langen Tunnel zu befinden. Aber ein Ausgang war nirgends zu erahnen. Wie zu allen Seiten war auch der Himmel verdunkelt von schwarzem Rauch. Für einen Moment stand der vermeintliche Boden beinahe still. Benx hielt inne. Über die Schwachstelle des Enderdrachens, so er denn eine besaß, hatte er sich zuvor keine Gedanken gemacht. Rasend vor Wut war er hinaufgestürmt, so als hätte sich das Regenbogenschwert seines Geists bemächtigt. Der Panzer des Enderdrachens stellte offenbar keine Schwachstelle dar. Bis auf wenige, von Haaren zugewachsenen Vertiefungen war er hart wie Stahl und obendrein glatt. Und auch die Flügel und der Bauch kamen nun nicht mehr infrage. Für einen überraschenden Angriff lagen sie nunmehr außer Reichweite.

»Das Maul«, hauchte Benx. Er warf die zerschmolzenen Schuhe weg, da sie ihn am Gehen hinderten, und schlich auf Zehenspitzen über den Rücken. Allmählich löste sich der Rauch unter dem unnachgiebigen Regen, und der Enderdrache hörte auf, Feuer zu speien. War ihm die Puste ausgegangen, oder hatte er Verdacht geschöpft? Benx stoppte kurz und schätzte den Abstand zum Maul des Untiers ab. Wenn seine Augen ihm keinen Streich spielten, hatte er gut die Hälfte des Wegs zurückgelegt. Plötzlich aber rutschte er weg und verlor den Halt. Nur mit Mühe und Not gelang es ihm, sich am Übergang zwischen Rücken und den seitlichen Schuppen festzuhalten. Im letzten Moment hatte er dazu das Regenbogenschwert in die Seite des Enderdrachens gerammt und sich langsam wieder hochgekämpft.

Erst als Benx das Regenbogenschwert wieder herauszog, bemerkte der Enderdrache den blinden Passagier. Der Stich des Schwerts hatte ihm nichts ausgemacht, was ihn aber nicht daran hinderte, sich nach Leibeskräften zu schütteln. Kein Kratzer war zu sehen, oder der Regen hatte das wenige Blut bereits fortgespült. Wie von Sinnen schwankte der Drache nach links und rechts. Er stampfte auf den Boden und zischte: »Runter mit dir.« Aber Benx hielt stand, ohne seinem Ziel auch nur einen Millimeter näherzukommen. In der Rechten hielt er das Schwert. Mit seiner Linken hielt er sich krampfhaft am Drachenhaar fest und hoffte, es würde nicht reißen. Plötzlich schraubte sich der Enderdrache in die Lüfte, und seine schuppige Drachenhaut bebte. Höher und höher tauchte er in den Himmel ein. Bald schien es so, als wollte der Enderdrache seine Kräfte mit denen des Gewitters messen. Er dachte gar nicht daran, klein beizugeben. Wie ein wildes Tier, das seiner Beute nachjagt, schnappte er nach den Blitzen, bis Benx ihm wieder in den Sinn kam.

Inzwischen waren sie so weit oben, dass selbst der stolze Mammutbaum Rabaukiens nicht einmal mehr zu erahnen war. Je höher sie kamen, desto schwächer wurde das Gewitter. Irgendwann durchstießen sie das dunkelgraue Massiv der Wolken. Und nun geschah etwas, womit der Enderdrache nicht gerechnet hatte. Statt Benx hier oben in der klirrenden Kälte abschütteln zu können, erlebte er eine böse Überraschung.

Über ihm thronte die Sonne, von der er im stockfinsteren Ende nur gerüchteweise gehört hatte. Und die Gerüchte um die Sonne, die im Ende die Runde machten, waren nicht halb so schlimm wie das, was den Enderdrachen nun ereilte. Nie zuvor hatte ihn etwas so geblendet, nicht einmal das Regenbogenschwert. Sein Blut begann zu kochen, und die Lider taten ihm weh. Er konnte die Augen nicht mehr öffnen. Plan- und hilflos drehte er ab und setzte unwillkürlich zum Sturzflug an.

Benx wurde heftig durchgeschüttelt. Das Regenbogenschwert schien ihm aus der Hand zu rutschen. Er nahm allen Mut zusammen, ließ die Drachenhaare los und hielt das Regenbogenschwert nun in beiden Händen. Die Gelegenheit war günstig, sich dem Maul des Enderdrachens zu nähern. Sein Arm schmerzte, so krampfhaft hatte er sich festgehalten. Zaghaft machte er ein paar Schritte auf dem Rücken des Enderdrachens, der blind durch die Wolken taumelte, und wurde rasch schneller. War Benx eben noch kalt gewesen, fühlte er sich nun unter den Blitzen wie in Fieberträumen. Bedrohlich nahe zuckten sie, und einer schien Benx regelrecht zu verfolgen. Wie eine Raupe kroch der Blitz über den Himmel. Er suchte sein Ziel und sollte es finden. Ohrenbetäubend rollte der Donner. Plötzlich flammte das Regenbogenschwert auf. Benx hatte alle Mühe, es nicht fallen zu lassen. Der Blitz war eingeschlagen, und ein schmaler Riss bildete sich in der Klinge. Erleichtert atmete Benx durch. Der Blitz hatte ihn nicht erschlagen. Ihm fehlte nichts. Dafür stellte er fest, dass das Regenbogenschwert allmählich in zwei Teile zerbrach. Der Riss wuchs, und das Regenbogenschwert wurde schwerer. Es konnte also doch zerstört werden, dachte er. Benx lief die Zeit davon, und trotzdem fühlte er, dass der Enderdrache die Kontrolle verloren hatte, so wie Grunzel nach zu viel Zucker.

Allmählich näherten sie sich dem Erdboden. Benx hatte den Nacken des Ungetüms erreicht. Erste Konturen der Landschaft, Bäume, Häuser oder der schlammige Arm der Kläffersenke wurden sichtbar. Unter den vielen deutlicher werdenden Punkten entdeckte er Graf Zips und seine Freundinnen. Besorgt erwiderten sie seine Blicke, denn der Enderdrache machte keine Anstalten, kontrolliert zu landen. Obendrein löste sich der kleinere Teil des Regenbogenschwerts nun vollständig und fiel in die Tiefe.

Erst als der Enderdrache auf dem Erdboden aufzuschlagen drohte, drehte er ab und landete bald darauf inmitten von Schutt und Asche. Zwar waren seine Augen geblendet, aber das machte ihn nicht minder gefährlich für Benx. Seine anderen Sinne schienen also nicht getrübt zu sein. Sogleich drehte das Ungetüm wild den Kopf hin und her und schnappte nach Benx. Ungeachtet der scharfen Zähne, die ihn zu zermalmen suchten, stürmte Benx den Nacken entlang direkt auf das geöffnete Maul zu. Schon bildeten sich erste Funken und verdichteten sich zu einem verheerenden Unheil, so als hätte der Enderdrache all seinen Zorn für die nächste Flamme aufgespart. Nichts als der Mut der Verzweiflung und das beschädigte Regenbogenschwert waren Benx geblieben. Die Zeit war abgelaufen, denn die Zunge des Enderdrachens verfärbte sich violett und leuchtete gefährlich auf. Die Hitze wurde unerträglich. Und obwohl Benx' Hände anfingen zu brennen, ließ er nicht ab, sondern sprang in die noch immer gestaltlose Flamme, die im Maul des Untiers heranwuchs, und rammte die übriggebliebene Klinge des Regenbogenschwerts in den nachtschwarzen Rachen des Untiers.

Getroffen sackte der Enderdrache in sich zusammen. Die Zunge wurde ihm zu schwer, das Feuer und mit ihm seine Augen erloschen. Auch die mächtigen Muskeln erschlafften. Sein Kopf kippte zur Seite. In den Untiefen seines Rachens steckte das Regenbogenschwert – die zerbrochene Klinge endgültig verblasst. Und schwarzes Blut tropfte aus dem fauligen Maul in einen der Abgründe.

- 32 -

DAS NEUE CAFÉ

Inzwischen war eine Woche ins Land gegangen. Noch immer konnte Benx nicht fassen, was seine Freundinnen und er fertiggebracht hatten.

Alles erschien ihm so unwirklich. Selbst seine Mutter hatte aufgehört, ihn wie ein Kleinkind zu behandeln.

Dafür hatte sie eine neue verrückte Idee: Babysitting. Zwar waren die Creeper verschwunden und die Eltern zurückgekehrt, die sich ihnen an den Grenzen Rabaukiens tapfer entgegengestellt hatten.

Aber ohne Weiteres rausrücken wollte seine Mutter die Babys nun nicht mehr.

Sie bekniete die Eltern geradezu, sich weiterhin regelmäßig um die Babys kümmern zu dürfen, sehr zum Missfallen ihres Mannes. Der breitete sich nun auf dem Dachboden mit seinen Pflanzen aus. Für Benx war klar, so konnte es nicht weitergehen. Es war an der Zeit, sich eine eigene Bleibe zu suchen. Aber zuvor wollte er Elina einen Besuch abstatten. Immerhin hatte er ihr versprochen, ihr beim Neuaufbau des

Cafés zu helfen. Er schnappte sich die Hundeleine und pfiff. Sofort rannte Rufus ihm bellend hinterher.

Als Benx ihr neues Café betrat, staunte er nicht schlecht. Bis auf die Tische und Stühle war es komplett eingerichtet. »Wie hast du das denn bewerkstelligt? Ich wollte dir doch helfen!«, sagte Benx peinlich berührt.

Elina wackelte fröhlich mit dem Kopf hin und her. »Ein paar alte Freunde haben mir unter die Arme gegriffen. Mach dir keine Gedanken.«

Einen Moment später kam Graf Zips aus der Küche und verneigte sich mit seiner neuen roten Perücke. Ihm folgten einige Zombies. Als sich Zombienchens Kopf abermals verselbstständigte, betrat Ebru das Café.

»Siehst ja so abgekämpft aus«, stellte Benx fest und nahm sie in die Arme.

»Ja«, keuchte sie, »dachte mir, dass ihr beide hier seid, ich wollte es euch unbedingt erzählen.«

Sie strahlte über beide Ohren.

»Was denn?«, wollte Elina wissen, während Rufus sich losriss und dem auf dem Boden davonrollenden Kopf bellend hinterherjagte.

»Ich habe das Kunststipendium bekommen!«

Augenblicklich kreischten Elina und Ebru um die Wette und hüpften auf und ab.

»Wie bist du da rangekommen?« Benx freute sich mit ihr.

Anstelle von Ebru antwortete eine Frau in einem schwarzen Hosenanzug mit zwei rothaarigen Babys auf dem Arm, die gerade die Glastür hinter sich zuzog. »Beziehungen sind alles.«

»Frau Bürgermeisterin, was wollen Sie denn hier?«, fragte Elina verdutzt und blickt erst zu ihr und dann den beiden Babys.

»Euch danken, denn das ist doch das Mindeste, nach allem, was ihr für ganz Rabaukien getan habt!«

Ebru wischte sich eine Träne weg, während sich die Tür abermals öffnete. Herein kamen Erwin Emeraldo und Rudolf Rubinho.

»Da ist er ja«, knurrte Letzterer und packte Benx am Kragen, »so ein Winzling, und der soll den Enderdrachen besiegt haben?«

»Entschuldigung, was fällt Ihnen beiden ein?«, stemmte sich die Bürgermeisterin dazwischen.

»Benx ist ein Held!«

»Held hin oder her, uns doch egal, er steht in unserem Dienst«, lachte Erwin Emeraldo. Er entfaltete den von Benx unterschriebenen Vertrag.

»Aber der Vertrag ist ungültig«, rief die Bürgermeisterin, nachdem sie einen flüchtigen Blick darauf geworfen hatte.

Die beiden Händler stutzten. »Blödsinn, unsere Verträge haben Hand und Fuß«, erwiderte Rudolf Rubinho.

»Zum einen sind da reihenweise Zahlendreher drin, zum anderen hat Benx seinen Nachnamen darin nicht angegeben«, antwortete die Bürgermeisterin lässig. »Ich möchte die Herren daher bitten zu gehen, andernfalls …«

Rudolf Rubinho lachte. »Was wollen Sie schon, Sie alte Schachtel …«

Erwin Emeraldo stieß ihn in die Rippen und zischte: »Aber das ist doch die Bürgermeisterin.«

Ganz betreten ließ Rudolf Rubinho von Benx ab, und ehe sich die Bürgermeisterin versah, waren die beiden auch schon wieder verschwunden.

»Eine Sache noch, ich schulde Ihnen noch einen Gefallen«, sagte die Bürgermeisterin und öffnete die Tür. »Tiefschürf braucht einen neuen Chef. Mit Ihrer Führungsstärke und Ihrem Mut wären Sie sicher gut geeignet. Ich könnte da sicherlich was einfädeln.«

Verlegen kratzte Benx sich am Hinterkopf. »Nein, danke ...« Sein Blick wanderte zwischen Elina und Ebru hin und her. »Ich möchte lieber erst mal meinen Freundinnen zur Hand gehen. Sie wissen schon ... leckere Torten testen und Windeln wechseln.«

Hinter den Kulissen
los gehts
1. Skizzen Varianten
2. Outlines / lineart
ARTIST VAN LAU
3. Grundfarbe
die Hälfte ist fast geschafft
4. Schatten
5. Beleuchtung
6. Details und fertig